新 代精品
诗选
凌翔

永明诗

胡永明 著

文化发展出版社
Cultural Development Press

图书在版编目（CIP）数据

永明诗 / 胡永明著． — 北京：文化发展出版社，2021.6

ISBN 978-7-5142-3443-5

Ⅰ．①永… Ⅱ．①胡… Ⅲ．①诗集－中国－当代 Ⅳ．① I227

中国版本图书馆 CIP 数据核字（2021）第 081120 号

永明诗

胡永明　著

责任编辑：司　璐

出版发行：文化发展出版社（北京市翠微路 2 号　邮编：100036）

网　　址：www.wenhuafazhan.com

经　　销：各地新华书店

印　　刷：三河市金元印装有限公司

开　　本：710mm × 1000mm　1/16

字　　数：178 千字

印　　张：13

版　　次：2021 年 12 月第 1 版

印　　次：2021 年 12 月第 1 次印刷

定　　价：59.80 元

I S B N：978-7-5142-3443-5

代序一

胡永明是怎样一个诗人

吴欢章

舒爱萍编著的《闪光的启明星——胡永明诗歌评论集》，选收了几十篇对胡永明的诗歌评论，执笔者有文坛耆宿，有中青年才俊；有文朋诗友，也有至爱亲人。这些评论实际上是从各个侧面塑造了胡永明的诗人形象。综合看来，在众人笔下，胡永明是怎样一个诗人呢？

胡永明是人品和诗品相统一的诗人。他长期在公安战线工作，同时又爱好和写作诗歌。他一手持剑，保境安民；他一手执笔，讴歌生活。在他看来，剑和笔是一致的，都是为了推动社会的进步和实现生活的美好。永明品格高尚，从大的方面说，他热爱祖国，热爱人民，有理想，有抱负，是一个具有浓厚的家国情怀的人；从小的方面说，他为人正直，爱憎分明，做事认真，乐于助人，是一个值得大家信赖的人。他的优秀品质，自然地融于创作，形成明洁高远的诗篇。人品与诗格能否一致，是检验真假诗人的试金石。当下诗坛，人品与诗格不一致的现象所在多有。有些人满脑子追名逐利，心里只装着一己之私，流泻于笔下的言不由衷的文字，不能不使读者打个问号。这实际上是一些带引号的“诗人”。“文学是人学”，这是颠扑不破的真理。人品不高，诗何以堪？对照诗坛这种弊端，永明的人品、诗艺就显得尤为可贵，值得推崇弘扬。

胡永明也是热爱诗歌和热爱生活相统一的诗人。诗爱说到底就是生活爱。永明的诗歌琳琅满目，题材多种多样，举凡祖国建设、大地山河、当代英豪、古圣先贤、爱情友谊、草木花卉、日月星辰、风云雷电，皆收于笔底，发出诗美的光辉。题材的广泛，表明他的生活爱的辽阔。永明几十年来不懈创作，几乎无年不诗、无月不诗、无日不诗。长年累月笔耕不辍，表明他的生活爱的持久。永明在诗中讴歌生活的美好，礼赞社会的进步，发掘人性的美丽，表现精神的崇高。促进生活向上向善的努力，表明他的生活爱的深刻。这种把诗爱和生活爱有机融合的创作，能鼓舞人民热爱生活和改进生活的创作，才是真正有益于人、有利于世的创作。

胡永明又是创作探索和理论探索相统一的诗人。他一方面进行诗歌创作实践，一方面又从事诗歌理论研究。在创作和理论两个方面，他都富有探索精神。在创作上，他能把继承传统和革新改造结合起来。对于诗体运用，他不拘新旧、无碍中外，把古今中外打通，既写新体诗，也写旧体诗。在新体诗中，既写自由体，也写格律体和半格律体；在旧体诗中，绝句、律诗、词曲、古风，齐言、杂言都有所涉猎。在理论上，他对诗魂、诗境、诗律、诗韵、诗歌表现手法、诗歌评价标准、诗体变革、诗歌发展方向等做了一系列的探索。值得注意的是，他还把理论和创作结合起来，双向濡养、双向互动。他根据毛泽东的诗学理论提出“新风诗”的观念并付诸创作实践，就是一个例证。在实践中能把创作和理论结合起来，这在当今诗坛是尚不多见的可贵现象。永明是一个勤于思考的人，他有很强烈的求新意识，这是应该继续发扬的。不过提到他面前的一个课题是：“欲穷千里目，更上一层楼。”他应该以更广阔的眼光，观察和掌握当前我国诗坛在创作和理论两个领域最前沿的动向和态势，进行更准确、更深入、更系统的思考，使自己的观点更具科学性，这样才可能把求新意识转化成为真正的创新成果。这是我的一个期待。

胡永明还是小爱和大爱相统一的诗人。他有一个充满书香气息的温馨家庭。父亲胡宝华是一个工人作家，女儿胡俊晴是一个喜爱和从事艺术事业的青年，尤其是妻子舒爱萍更是一个和他同样热爱诗歌并从事诗歌创作的亲密伙伴。他俩因诗结缘、因诗同行，几十年来相濡以沫、同歌共吟。从舒爱萍在本书中所写的对于永明诗歌的评论，可见他们的相知之深，也可看到她对他的期望之殷。永明所以成为一个诗人，从大的环境看，是由于党和新社会的阳光雨露；从小的环境看，这个温情脉脉的家庭，也是他的诗歌诞生和成长的摇篮。父子、父女、夫妻三重关爱，砥砺前行，共同把他推向诗歌创作的大爱境界。这是蓝天下的一阕温馨曲，也是新时代的一支爱情歌。

2019年3月写于上海

吴欢章，上海大学教授，中国作家协会会员，著名作家、诗人和文学理论家、评论家、教育家。

代序二

胡永明的诗

吴欢章

胡永明同志是公安干部，也是诗人。他一手持剑与盾，一手执笔写作诗篇。多年来，他在保境安民的同时，讴歌社会主义建设，礼赞中华民族的古圣先贤和当今的先进人物，吟咏祖国的如画江山，抒写美好的爱情，表现了一位公安战士丰富多彩的心灵世界。

永明近年走南访北，观山阅水，屐痕处处，吟咏连连，创作了不少吟咏祖国山川的诗篇。他的写景诗，主要采取了两种表现方式。一种是融情入景。譬如《太湖晚景》，抓住山落日、水余晖、渔火闪、潮声回的一系列景物特征，给我们描绘了一幅苍茫淡远、静美幽深的图画，作者并没有显形发声，但我们通过意趣悠然的画面，不难倾听到他那安谧惬意、忘情于如诗景色的心声。另一种是借景抒情。譬如《善卷洞》，着重抓取“雨后水声辨四门，地下古溪疑龙宅”这一善卷洞的特色景观，从而引申出不择细流、积弱成强的生活哲理：“绝妙洞天哪里来，轻滴缓流千万载！”不管采取哪种方式，能敏锐抓住自然景观的独特之点，进而营造出情景交融的艺术境界，就是永明写景诗值得称道的地方。

永明还写了许多咏物诗。我国古代诗歌有咏物的历史传统。咏物诗最忌见物不见人，如此就成了植物标本。古来优秀的咏物诗大多是感物咏志之作，看来永明的咏物诗，就是继承了这种优秀的传统。他的咏物诗，有感也有悟，总是借某种特定之物抒写自己的某种特定之志。他咏《迎春》，有感于“翠蔓临风舞，金英带雪开”，悟出“休言弱似柳，最早迎春来”。他吟《月季》，面对“春光住此中，方谢又复荣”，想到“不怕寒和暑，赢得月月红”。他歌《油菜花》，赞赏“从南到北次第开，黄海香波涌春来”，揭示“一棵独长不流金，万株丛生方溢彩”。永明也有一种咏物诗，另具独特的形态，即隐身于物，物以代言。例如《叶》：“春添一抹绿，夏展一片荫。黄了不居高，愿当炉内薪。”在这里，人即叶，叶即人，物态即人情。永明更有一种咏物诗，出人意料，从陌生化的视角，表达了一种新奇之情。《汗盐花》即属此类，它竟然歌唱了自然界百花之外的“工农衣上的汗盐花”，揭橥“花自红心发呀，根在炉前田头扎”，赞美“它是工农爱戴的花，它是不谢的迎春花”。《神奇汉语诗》也属此类。它赞扬的是“寥寥数千方块字，源源不断古今诗”，这是不是“止于语言”的“形式主义”呢？否！请看后两句：“排列组合无穷尽，传世佳作出真知。”它是通过“字”宣扬生活的“真知”。我们不难看到，永明的咏物诗，不仅表现了他热爱自然的秉性，而且由他特意挑选的喜爱之物，抒写了一种高尚的人生情怀和独到的生活感悟。尤其值得注意的是，他所感之物与其所咏之志中间，存在着一种内蕴的对应相适之处，犹如羚羊挂角，没有斧凿之痕。

永明的诗，不论写景或咏物，都有不同程度的主观的介入，构成情景、情物交融的境界。王国维在谈到诗的境界时，将之分为“有我”的境界和“无我”的境界。其实，诗歌创作皆是主观和客观的交融和统一，不可能具备“有我”和“无我”之分，而只有“显我”和“隐我”之别。诗不会有“无人之境”，否则就不是艺术了。诗歌创作离不开想象，有想象始能创造，而想象正是人主观世界的派生物。问题的关键，在于诗人在诗歌创作中要努力让主体和客体达到水乳交融和物我一体的程度。看来，永明的诗在这方面是做得不错的。

在诗的各种体裁中，爱情诗可说是最为直接抒情，诗人的面影和心声表现得最为明显的。永明也写了大量爱情诗，显示了公安战士柔情似水的精神侧面。然而他的爱情诗，不同于西方爱情诗那种激情似火、满纸热语的表现方式，他的爱情诗写得婉约含蓄、情在言外。他写男女的热恋：“林中迷恋处，月起不觉迟。”“柳下执别云落泪，山间笑语水弹琴。”这里只有旁敲侧击，秘响旁通。他写爱侣的惜别：“春江情脉脉，南陵愁重重。渡口两依依，黄昏雨蒙蒙。”这里也只是利用重叠词，渲染温情脉脉的环境氛围，间接地表现了缠绵悱恻、欲说还休的心曲。即使是直言爱情的幸福感，譬如在《爱情与幸福在一起》中，仍然也只是运用排比的句式和通过比兴的手法，慢慢逼近爱情的堂奥："……山峰与崇高在一起，海洋与博大在一起，草原与生机在一起，爱情与忠诚在一起。// 雄鹰与理想在一起，骏马与奋斗在一起，鲤鱼与前程在一起，爱情与成功在一起。……"永明这种虽直接仍婉转的抒情方式，显示了中国人真挚而不外露的情感特征，表现了他的爱情诗的民族特色。

永明的诗有新体也有旧体，新体有自由体也有格律体和半格律体，旧体有绝句也有律诗和词曲。正如臧克家所笑言的："我是一个两面派，新诗旧诗我都爱。"这表明永明的阅读涵盖古今，写作不论新旧，他把诗歌的悠久传统贯通了起来。正缘于此，所以他的新体诗含有古韵，旧体诗具有今意。这是一个好的开头，看来如何使古今的诗体更好地对接、融合及相互转化，是永明需要继续努力探索之处。如果对永明今后的诗歌创作有什么建议的话，我希望他能进一步做到：人所未言我先言之，人所浅言我深言之，人所难言我易言之。也就是说，但愿他今后的诗作，能更加有新意，更加有深意，也更加有个性。诗路漫漫，期望他继续勇敢地向前走去。

2016年10月写于上海

代自序

略谈我的新韵诗词和系列韵书

——兼议诗歌创作中的“新旧并行”和“求正容变”

胡永明

2020年春节前夕，新型冠状病毒肺炎疫情在武汉爆发，又播散到全国各地，中央迅速举全国之力打响人民生命健康保卫战。我作为诗人，积极以创作诗歌来助战。2月19日，《名师名家名人坛》发表了我战疫主题新韵诗词七首，《腾讯新闻》《网易新闻》《看点快报》和《企鹅号》迅即做了转发。次日，《上海诗人抗击新冠肺炎疫情诗歌选》（15）又刊发了我的《水调歌头·新岁起风雨》。

我创作的所有诗词都是新韵诗词，即用现代汉语确定平仄和押韵，填词都以〔清〕康熙御定词谱等权威词谱为准，至于用正格还是变格等则视情而定，通常用正格或格一，偶尔也用变格或别格。如我填写的《声声慢·春庆战疫胜利》就用了《御定词谱》中《声声慢》格十三，因我欣赏宋代女词人李清照写的《声声慢·寻寻觅觅》，而她的该词词谱正是格十三。考虑到我国有新旧韵之分，我在发诗词前一般都会注明“新韵”。

我出生于作家家庭，从小喜欢文学，尤其热爱诗歌，成年前就学会了写格律诗。我于1975年3月23日（时年17岁）写的《七绝·中学毕业前夕与同学涉海滩》于40多年后发表在《羲之书画报·诗书画家月刊》2017年第1期上。迄今，我创作的所有诗词曲都是新韵作品。

小时候，我凭直觉，选择了走创作新韵诗歌之路。长大后，我研读了汉语语音史、格律和韵书等诸多典籍，更坚定了走创作新韵作品之路。我国汉语语音史学大师、现当代语言学奠基人之一、著名诗人王力指出：“宋代以后，语音变化较大，诗人们仍旧依照韵书来押韵，那就变为不合理的了。”（详见王力著《诗词格律》第5页，中华书局1977年版）王力大师讲的“韵书”是指旧韵书，那时尚无真正意义上完善通行的新韵书。著名文学家、思想家、中国现代文学奠基人鲁迅指出：“诗……要有韵，但不必依旧诗韵”。（详见《鲁迅全集》第13卷《致蔡斐君信》）。王力大师和鲁迅先生讲得都很有道理。我也一直是这样身体力行的。

汉字的产生发展已有六千多年的历史，现代汉语的语音系统是从上古音系发展而来的。民国以前的韵书都是旧韵书，新中国诞生以来的韵书基本上也都是旧韵书（凡有入声字或入声字派入的韵书都是旧韵书，而没有韵部的同韵辞典不属于韵书）。为了能适应各种诗体的创作需要，我以国务院公布的《通用规范汉字表》为字库创编了《通用规范汉字诗声韵》，于2015年1月由上海辞书出版社作为我编著的《诗歌创作手册》的重要组成部分推向社会，该韵书经全国唯一的中国之最权威认证机构上海大世界基尼斯总部鉴定为中国历史上自有韵书出版物以来的第一部系列韵书（《大世界基尼斯之最》No.05299）。我现在创作诗歌已习惯用自己创编的这部韵书选字、定调和押韵。看过和用过这部韵书的作者普遍反映都比较好，这在大家参加2015年12月5日召开的“胡永明《诗歌创作手册》研讨会”上的发言中可见一斑。如作家陆新在发言中说道：“我在通读全书的基础上，还重点学习了倾注胡老师大量心血的《通用规范汉字诗声韵》，并按照第十二‘昌韵’中所纳入的字头，对拙作《小巷·丁香》进行了修改，终于改成了一首押严韵的全韵诗，做到一韵到底，每一句都押韵，这样念起来就更朗朗上口了。”（详见舒爱萍编著《启明星在闪耀——胡永明诗书评论集》第二集书评，中国文联出版社2017年版）。

2019年11月1日，教育部颁布了委托中华诗词学会组织专家制定的《中华通韵》。该韵书只有阴平、阳平、上声、去声，属于新韵书。这是国家语委倡导新韵和中国作协主管的国家级诗词组织推广新韵的重大举措，必定会促使并带动越来越多的诗词作者创作新韵诗词。北京诗词学会常务副会长褚宝增教授在《新时代的〈中华通韵〉》一文中指出：“放弃旧韵是光大诗国的必要条件，也是拯救诗坛的必然举措。”我国在新的历史时期由权威出版社出版发行的《通用规范汉字诗声韵》和由权威机构制定发布的《中华通韵》都是新韵书。在两部新韵书并存的情况下，《通用规范汉字诗声韵》依然有其独特的价值：一是创编韵书的字库最权威、最规范；二是以全新的韵效分韵部比以传统的韵根分韵部更科学、更有效；三是每个字都能查出声、韵、调是在我国古往今来所有的韵书中注音最完备、最实用的；四是由四个系列配套成龙的韵书填补了中国韵书发展史上的一个空白。

我虽然一直创作新韵诗词，但也赞同中华诗词学会常务副会长范诗银在谈《中华通韵》时提出的“倡今知古，新旧并行”的意见。现在，旧韵书依然存在。我承认这些韵书在我国诗歌发展史上曾发挥过极其重要的作用，也不否认其在当代的存在价值。只是有规定的诗词曲谱和变化规则，有可以买得到的《平水韵》《词林正韵》和《中原音韵》等旧韵书，按旧韵书赋诗、填词、作曲易，要让广大今人按〔南宋〕嘉定十六年（1223年）产生的《平水韵》、〔元〕泰定元年（1324年）产生的《中原音韵》和〔清〕道光元年（1821年）产生的《词林正韵》等当时的古代读音来读难。我曾问过专门研究语言和诗歌的某位著名教授、博士生导师，他坦言自己也不能每个字都按古代读音来读。确实，随着历史人文的发展，读音自古至今不断演变，今人绝大多数都只能用现在的普通话来读诗词了。这就产生了一个矛盾，用旧韵书写的旧体诗词如果用现代汉语来读，平仄和押韵应有的效果就不能很好体现出来，而且感觉上还有许多地方是不合格律的。我想，这应该是今人写旧韵诗词需要破解的一个难题吧。

我虽然创作诗词基本上都是符合格律的，但也拥护国务院副总理马凯提出的“求正容变”的主张。毛泽东主席是公认的现代诗词大家，但他的不少诗词也都有突破格律之处。我创作的《莺啼序·论诗》共有4段240字，只有“学诗可以人灵秀，志高昂、情飞扬成器”中的“飞”字位置规定用仄声字，而我用了平声字，因我在此处要引用习近平总书记的原话，不能因为要严守格律而因辞害意。不因辞害意也是毛主席突破格律的首要原因。我生来追求完美，但为了达意、用典、用专用名和尊重科学等有时也会应变的。这只是个别的情况。我通常只会在可平可仄处才做适当的变通。

我写这篇文章，是想介绍我创作新韵诗词和创编新韵书的一些情况和体会，谈点对新、旧韵书和今人创作新、旧韵诗词的想法和思考，并表明我赞同诗词创作中“新旧并行”和“求正容变”的态度。希望不论是创作新韵诗词还是创作旧韵诗词的作者、不论是写新体诗还是写旧体诗的作者都能本着包容、开放和进取的精神，同心促进中华诗体、诗艺和诗学的发展、进步，协力繁荣诗歌创作，更好地服务于时代和人民。

2020 年 2 月写于上海

目 录

（122）、龙孝祥（123）、蒋荣贵（123）、吴小欢（123）、赵进一（123）、陆飘（124）、刘瑛（124）、梁刚（124）、陈曼英（124）、金瑜（125）、沈世坤（125）、顾耀佐（125）、赵靓（126）、陆涵（126）、周丽琼（126）、黄唯君（126）、许国江（127）、陈思同（127）、韦江荷（127）、吴振兴（128）、贾彦（128）、陈佩君（128）、宋文静（129）、王淑霞（129）、严寒（130）、董妮亚（130）、闫秀（131）、刘博宇（131）、金月明（131）、黄佰乾（132）、阮德章（132）、曹爱红（132）、原因（132）、李莉（132）、姜威（132）、王永银（133）、顾之敏（133）、赵慧珠（133）、侯莹（133）、瞿冰（134）、箫鸣（134）、苦艾（134）、蔡兆良（134）、田爱平（134）、姚连妹（135）、蔡佳雯（135）、王喜根（135）、周守贵（135）、俞娜华（135）、潘培坤（136）、张春新（137）、陈敬标（137）、刘宋学（137）、姜玉峰（138）、胡金全（138）、宋海年（138）、黄胜（138）、柯峥秀（138）、陈剑萍（138）、蔡国华（138）、刘德田（138）、张祚勋（139）、陈晶龙（139）、李亚飞（139）、瞿若（139）、陈冠宁（139）、严国基（139）、王群（139）、葛乃福（139）、田凤兰（139）、沈裕慎（140）、朱珊珊（140）、余志成（140）、陆新（140）、钱钧华（140）、吉雅泰（140）、裘新民（140）、陈柏有（140）、朱超群（140）、李必新（141）、施永培（141）、陆振声（141）、季渺海（141）、郦帼瑛（141）、李曙光（141）、邵心远（141）、李耀宇（142）、胡嘉良（142）、巫虎（142）、熊鹏举（142）、陈新光（142）、王念朝（142）、龚珮珮（142）、张传武（142）、蒋顺元（143）、田忠政（143）、葛加禄（143）、徐娟（143）、熊正永（143）、韩建刚（143）、费碟（143）、陈晓燕（143）、陆永兰（144）、廖金碧（144）、于超（144）、叶文强（144）、李汉明（144）、沈家龙（144）、韩建勋（144）、王宏程（144）、孙加永（144）、朱春亚（145）、杨根平（145）、董绍华（145）、朱国维（145）、朱渊澄（145）、叶基馥（145）、向德旺（145）、郑振

第一编　新韵诗

第一集　白话诗

我的宇宙

我在空间中聚能
我在时间中发光

我心上不落太阳
我身上永流春江

我以祖国为圆心
我以世界为周长

我把有限给生命
我把无限给思想

天空自述

碧蓝是我的肤色
星球是我的细胞
轮辉是我的目光
气流是我的呼吸

我博大
包容一切

我永恒
没有终极

融汇

你的星光
我的星光
汇成宇宙辉光

你的花香
我的花香
融成世界芳香

留痕

我额头的皱纹，
是岁月的留痕。
凹是失败的夜，
凸是成功的晨。

我额头的皱纹，
是祖国的留痕。
凹是跌落的谷，
凸是攀登的峰。

春

春回大地，
弱小的芳草欣欣向荣绿满九州。

谁能改变这自然发展的规律?
谁能改变呢!

春驻中华,
强大的祖国欣欣向荣福盈百姓。
谁能阻挡这社会发展的趋势?
谁能阻挡呢!

伟力

一片雪花
万片雪花
无数片雪花对回归大地的追求
正是世界晶莹洁白的自然伟力

一个同胞
万个同胞
无数个同胞对美好生活的向往
正是祖国文明进步的社会伟力

东去列车

1986 年 10 月 18 日,偕妻乘 168 次列车从郑州返沪途中有感。

车厢像一听听食品罐头——
装得满满;
乘客像一根根长针短针——
见缝就插。

车窗关得密不透风，
像在烘箱里一样闷热；
烟雾吞了新鲜空气，
像在高山上一样窒息。

坐着的、蹲着的、站着的……
被压缩定了型品尝落后滋味；
供销员、专业户、旅游者……
你一言我一语畅谈振兴中华。

当夕阳给车窗拉上黑色的幕帘，
列车还在辽阔的中原爬行。
满怀着对美好未来的憧憬，
瞌睡中乘上了舒适的地铁快车……

新中国的故事

——庆祝中华人民共和国成立 70 周年

新中国的故事很短很短，
从开国大典到七十华诞，
这翻天覆地的巨大进步，
迅如潮头起、星光闪……

新中国的故事很长很长，
从一穷二白到繁荣富强，
这感天动地的奋斗史诗，
值得颂群英、展形象……

上海在成长

——庆祝上海改革开放四十周年

拆危棚简屋搬出烦愁，
建高楼大厦住入舒爽。
啊，
上海！
你高大了——
你立足民生放飞梦想！

进电车渡轮乘坐焦急，
上地铁高架享受顺畅。
啊，
上海！
你快捷了——
你立足民生放飞梦想！

除雾霾河污治理闷郁，
得天蓝水清归还豁朗。
啊，
上海！
你亮丽了——
你立足民生放飞梦想！

惩犯罪贪腐去除担忧，
保宜居乐业得到昂扬。
啊，
上海！
你安全了——

你立足民生放飞梦想!

城市之窗

城市之窗是历史之窗
从上海豫园的古窗
到万国建筑的洋窗
看到封建朝飘摇殖民国扩张

城市之窗是现实之窗
从危棚简屋的暗窗
到高楼大厦的亮窗
看到旧时代落后新社会兴旺

城市之窗是未来之窗
从高铁动车的瑶窗
到宇宙飞船的舷窗
看到高科技发展大中华富强

城夜之乐

天空撑起剧场拱顶
繁星射出舞台聚光

街灯铺开了五线谱
车灯是音符在流淌

高楼频传嫦娥妙音
江河齐奏天地乐章

喷水激发欢快高潮
霓虹迎来喷薄朝阳

夜

夜拉去白幕
合奏车水马龙交响曲

夜播撒繁星
协奏高山流水相恋曲

夜点亮圆月
弹奏天涯海角望乡曲

夜孕育黎明
演奏鸟语花香迎新曲

云雨

两朵云
相吸
相融
化作雨

雾中感赋

一片大雾，
就能把我们的视线模糊？

不！我们的目光不会这样短浅，
只看到自己脚下的几寸土。
我们能看清大雾笼罩的一切，
你将在前进中信服。

一场迷雾，
就能改变我们的前途？
不！太阳已经射出耀眼的光芒，
明媚的春光不会缥缈虚无。
我们能看清迷雾掩盖的一切，
无须等到正午！

京杭大运河

御敌长城开筑西周
伐国大河始凿东周

城墙早已成为文物
河道仍在奔腾洪流

漕运供粮功在列代
通航调水利在千秋

床岸是历史的见证
波涛是现实的脉候

祖先勇创世界壮举
我们敢立时代潮头

赞大世界基尼斯之最

从最大新疆八卦名县城
到最高重庆圣象观世音
这一个个纪录的确认
就是立神州奇绝强民族自信

从最长行楷共产党章程
到最多系列汉字诗声韵
这一个个新最的诞生
就是创文明成果践中华复兴

病毒

疫情的发展
引起跨地界超国境的恐慌

病毒是无情的
却聚起人类珍护生命的力量

沉痛悼念良师益友王家泉

2019 年 5 月 10 日 21 时 50 分
你从世间文人化作天上文星

你曾是历经沧桑的大树
书香熏满七十六个年轮

你的诗文承载着不朽的精神

将融入无数花草吐露的香醇

让奋斗点亮不灭的生命

追梦人永远在路上
我们沿着正道前行
只要小宇宙阳光灿烂
我们就前程一片光明

人与荷花不同
却有着相同的效应
坚持发展才会有加速度
让奋斗点亮不灭的生命

爬山虎

倚着峭壁
冒着风险
向着高处
不断攀缘

草矮了
树低了
群山也小了
它傲然自得

到了身无依靠之时
却不能自立
拼了命

也超不过周围的荆棘

待回头
已经陷在峭壁上
只见辽阔的蓝天上
鹰在自由翱翔

冬季的风

冬季本该是静谧的，
雪是轻轻飘下来的，
冰是悄悄结起来的。
雨虽会发出淅淅沥沥哗哗啦啦的声响，
至少它是向下的润物的。
而风则是横行的摧物的，
它到处呼啸着张扬着，
好像它才是世界的代表和主宰。

其实风最是像墙头草的，
夏天吹热风，
冬天吹冷风。
寒潮来了，
它便来个狐假虎威式的炫耀。
春天已快到了，
我就看你怎样摇身变得和煦吧。

冬去春来

寒潮以高压态势

又一次挥师南下
越过山河天然屏障席卷而来
迅速控制了各乡市

北风以千万乘铁骑
在草木楼宇间横冲直撞
狂妄地喧嚣
冬的强大和威力

天地间失去了往日的温和
再度冰封雪飘
小巧的蜡梅却抖擞傲笑
散发清香传递着春的消息

当春踏着艳阳的火轮赶到
冰雪正消融着滋润大地
天上百鸟欢唱起融融春歌
地上百花绽放出津津春意

黄叶吟

秋风紧，
叶正黄。

不去留念嫩绿的青春，
不再满足繁荫的辉煌。
我还不能离开枝头呀，
我要染成最美的金黄。

我从日晖中提炼光彩，
我从地力中明确方向。
我将飞往广袤的大地，
化作培育新春的佳酿。

叶正黄，
天正凉。

黄叶情

古今中外有黄叶
诗人多怀黄叶情
古今黄叶接续飘
中外黄叶交错飞

公元前《诗经》中的黄叶“萚兮”
萚到南北朝何逊诗中的“仲秋黄叶下”
下至唐代李白诗中的“燕支黄叶落”
落成宋朝太宗诗中的“秋风败黄叶”

中国纳兰性德诗中的“萧萧黄叶闭疏窗”
萧作法国雨果诗中的黄叶将带走诗人的佳句
印度泰戈尔诗中的秋叶之静美
美成我诗中的黄叶“再育绿荫浓”

黄叶飘在历史现实中，
飘进古今中外诗人的佳句中
地球上的黄叶都终将化作芳泥
诗中的黄叶却永远飘在人们的心中

春天在哪里

春天在艳阳燃起的激情里，
春天在暖风带来的热望里。

春天在杨柳嫩绿的生机里，
春天在桃花粉红的活力里。

春天在麦子青翠的成长里，
春天在油菜金黄的收获里。

春天在幸福生活的创造里，
春天在美好愿景的实现里。

春天到了

春天到了，
小河解冻了，
不再冷漠成冰，
不再故步自封。
一条条，
汇向大海，
纵情欢腾。

春天到了，
小树萌芽了。
不再萧瑟自卑，
不再秃然无求。
一棵棵，

蓬勃向上，
绿满神州。

祝我们青春长存

是因为冰雪的消融，
还是由于春风的情深？
啊！大自然，
你变得多么迷人！
你使我的童心迷恋欢鸣的小鸟，
你使我的幻想飞往天边的红云；
你使我在清新的空气中陶醉，
你使我在娇艳的鲜花里欢欣。
大自然啊！
祝我们青春长存！

是因为告别了童年，
还是由于妙龄的怀春？
啊！大自然，
你变得多么迷人！
你使我感到心情愉悦，
你使我感到万物可亲；
你使我感到人生短暂，
你使我感到光阴似金。
大自然啊！
祝我们青春长存！

太阳

你燃烧自己
发出全部的光和热
驱散黑暗
温暖山河
带来生机与欢乐

从喷薄东升
到壮烈西沉
你为理想燃烧不息
光明一世
奉献一生

红日

你曾辉映东方
你曾光耀中天
待到西下时
晚霞就是笑颜

蜡梅

我笑看群英齐放，
并不惭自貌不扬。
枝灰褐横斜，
叶青绿疏展。
待到万木凋零日，
我还愿独战严寒。

我勇担一花独放，
并不傲其状张扬。
卉凌冰雪开，
香驭霜风传。
迎来春风吹拂日，
我还愿安享平凡。

迎春花

从大地吸取养分，
从太阳获得激情，
不畏天寒地冻，
竞相绽放迎春。
啊！
迎春，
你用金色的理想拥抱现实，
你用芬芳的言语唤醒花神：
只要百花齐放，
就能迎来阳春。

太阳花

离别了太阳，
拱手虔诚地祈祷，
面对着暗淡的苍天。
盼来了太阳，
绽开晕红的笑脸，
吐不尽芬芳的蜜言。

啊！多少离合，
多少苦涩、甜蜜与依恋！

汗盐花

我爱火红的榴花，
我爱清香的桂花，
可我最爱的花呀，
是工农衣上的汗盐花。

姑娘们称它花上花，
小伙们叫它光荣花，
花自红心发呀，
根在炉前田头扎。

昔日汗盐花，
迎来生产跃进花；
今天汗盐花，
催开“四化”理想花。

我爱榴花和桂花，
更爱我们衣上的汗盐花，
它是工农爱戴的花，
它是不谢的迎春花……

蝴蝶

你是嫦娥的化身
下凡时梦见庄周

从此你永生文化
至今你翩飞九州

爆竹

用理想聚力
用贡献助推
只要点燃激情
就能响亮腾飞

放风筝

风筝飞上云天
线越放越长

劲风吹扬
弧线充满张力

是我拉风筝起飞
还是风助风筝升起

是我拉着风筝
还是风筝牵着我

荡秋千

荡啊荡，朝后荡，
荡去昨天的愁懊；
荡啊荡，朝前荡，

荡来今日的欢笑。

荡向蓝天白云啊，
我要探求宇宙的奥妙；
荡向青山碧海啊，
我要扑进母亲的怀抱。

心灵的窗户

眼睛
心灵的窗户
你的神采
多么微妙和丰富

你比音乐更深奥
你比小嘴还灵巧
无声的变化能蕴含全部
有时也会把秘密透露

眼睛
心灵的窗户
通过你
就能透视心灵的深处

我们手拉着手

向着玫瑰色的晚霞，
走进火红的枫树林。
在这艳丽的自由王国，

迎接幸福的翩然降临。

向着朝阳荡起双桨

向着朝阳荡起双桨，
我们的前程闪着金光。
我们会到达理想的彼岸，
那是红日升起的地方。

夏夜泛舟

湖面闪着银色的月光，
凉风送来荷花的暗香。
划入西子柔蜜的梦境，
恍惚飘临天河的中央。

盼望

手中带露的山花，
何时插在你云鬓上？
眼前映霞的湖中，
何时荡起我们的桨？

远来的一个个姑娘，
已使我一次次失望！
欢快的一对对游客，
仍使我一回回遐想……

我是小河

我是一条奔腾的小河
天气变幻拨动着心弦
当水中映现密布的乌云
我也流淌着暗淡的漪涟

我是一条欢快的小河
心里装着爱恋的蓝天
当空中升起喷薄的朝阳
我也荡漾着闪亮的笑颜

你是美丽的天使

你是美丽的天使，
带着丘比特的神箭飞到人间，
当你一命中我的心坎，
我就坠入了爱的深渊。

姑娘啊！
你那多情的目光，
就是丘比特的神箭；
你那眼睛里的一汪清泉，
便是爱的深渊。

初恋

来到你家后窗下，
开口欲叫，

心儿乱跳。
徘徊，
犹豫，
正月圆花俏。

转到你家边门前，
举手轻敲，
脸儿发烧。
欣喜，
羞涩，
入林间小道……

那时

我久欲一尝，
你那酒窝斟满的甜蜜。
又怕泛起了红潮，
万一把你冲离……

我真幸福

我真幸福，
我美丽的姑娘，
我爱春花的娇美，
那娇美就在你的笑靥上。

我真幸福，
我热情的姑娘，
我爱夏日的炽热，

那炽热就在你的赤唇上。

我真幸福，
我温柔的姑娘，
我爱秋月的柔光，
那柔光就在你的明眸上。

我真幸福，
我忠贞的姑娘，
我爱冬雪的纯洁，
那纯洁就在你的心灵上。

让我们到野外去游玩

我美丽的姑娘，
快穿上活泼的春装，
在这晴朗的周末，
让我们到野外去游玩。

小鸟啾啾地鸣叫，
那是在向我们召唤；
鲜花悄悄地开放，
那是在把春天打扮。

我要编只最美的花冠，
给花的皇后戴上；
我要唱曲最美的歌儿，
把百鸟请来做伴。

让我们的生活比牡丹花更美，
让我们插上金凤凰的翅膀，
“我们无须等候死亡，
我们要活着飞上天堂！”

那晚潮拍岸的声响

那晚潮拍岸的声响，
富有节奏，宛如音乐。
它常在我心中回响，
那么清晰，那么亲切。
记得每当我俩散步，
总去江边，不知不觉。
我爱搂着你的细腰，
你靠着我，听那音乐。

那浪和岩的协奏曲，
时而悠扬，时而激越。
它使我们想起过去，
临江执手，无语哽咽；
它使我们憧憬未来，
同舟并进，充满喜悦。
那晚潮拍岸的声响，
富有魅力，在那月夜……

睡吧，爱妻

睡吧，爱妻，
可正梦见我和你？

脸上露着微笑，
好像白天一起……

睡吧，爱妻，
醒来你也会凄迷。
启明星在闪耀，
丈夫又要远离！

思念

思念
是一条心中的河
源源不断
盈盈清澈

思念
是一朵心中的荷
淡淡清香
浓浓暖意

思念
是一对心中的鸽
翩翩比翼
关关相和

给远方的至爱

你远在天涯，
就像明月挂在天际；

你在我心中，
就像明月映在水里。
我的祝福是清晨的鸟鸣，
为使你快乐千啭百啼；
我的召唤是黄昏的轻风，
留恋地牵起你的罗衣；
我的相思是不尽的流水，
长年缠绵在你的住地；
我的情爱是不落的太阳，
环绕着你永远不会偏离。

你的每一封来信都使我狂喜

我是这样爱你，
你的每一封来信都使我狂喜；
我是那么痴心，
字里行间总能看到可爱的你。

从你秀丽的字体里，
我看到了你的月貌花姿；
从你温柔的话语里，
我看到了你的忠贞不移。

从你幸福的追忆里，
我看到你少时挽裙戏溪；
从你美好的憧憬里，
我看到你穿着新娘盛衣。

我是那么痴心，

字里行间总能看到可爱的你；
我是这样爱你，
你的每一封来信都使我狂喜。

那呼唤可真传进你心里

在那别后漫长的岁月里，
我常在心中轻轻呼唤你。
人说爱情是心灵的共鸣，
那呼唤可真传进你心里。

牵牛花的心曲

每当我告别你离开家，
我的情爱便化作形形色色的牵牛花，
在我们的住地和你经过的沿途，
向着太阳——你的微笑盛开竞发。

你看，花的色彩多绚丽呀，
那是我在向你展示忠诚无价；
你闻，花的芬芳多淡雅呀，
那是我在向你吐露思念情话……

那瓣儿展开的花朵，
是我撑起的“雷达”，
黄的接收你的平安健康，
红的发射你的快乐荣华。

那冠儿圆拢的花朵，

是我吹起的“喇叭”，
白的赞美你的纯洁无瑕，
紫的歌唱你的贤惠可嘉。

那蔓儿缠绕着枝丫，
是我们恩爱得浪漫潇洒，
我们的精神永远亲密无间，
哪怕你我远在海角天涯。

你乡下飘着雪

你乡下飘着雪
我城中降着雨
这冰凉阴郁的天气
是我们离别的愁绪

我院里玉兰开
你窗前燕子鸣
这风和日丽的祥氛
是我们归聚的欢情

当我们久别重逢

当我们久别重逢，
明眸是那么传情。
满腹话还未相诉，
心灵已引起共鸣。

铁海棠

我们花瓣结对、花朵成双，
我们是爱心绽开的花。

我们四季鲜艳、日夜清香，
我们是爱心放飞的花。

我们会化作两只蝴蝶，
在鲜花丛中比翼飞翔。

我们会变成一对鸳鸯，
在碧波湖上依偎畅想。

我们开到哪里，
哪里就有爱心营造的港湾。

爱心播到哪里，
哪里就有我们倾情的温暖。

我们做并蒂莲吧

我们做并蒂莲吧，
同生于一根茎上，
再不能聚少离多，
共度那幸福时光。

我们绽放一对莲花，
美丽是我们憧憬的形象，

鲜艳是我们奋斗的激情，
芬芳是我们事业的兴旺。

我们结出一双莲蓬，
莲房是我们爱的殿堂，
莲子是我们爱的结晶，
莲芯是我们爱的希望。

我们长成一个莲藕，
阳光是我们生命的滋养，
污泥是我们成长的历练，
碧波是我们丰收的欢畅。

我们的爱情之花永远美丽盛开

正如鲜花
是大自然孕育的精华，
我们的爱情
是两颗心培育的鲜花。

我们初恋，植物爆出了嫩芽；
我们热恋，嫩芽长出了枝丫；
我们成家，枝丫开出了鲜花；
我们立业，鲜花结出了英华。

纯洁的冬天，我们是一见钟情的茶花；
温暖的春天，我们是山盟海誓的梅花；
热烈的夏天，我们是百年好合的荷花；
深沉的秋天，我们是忠贞不渝的菊花。

爱得甜蜜，我们是形似火焰的合欢花；
爱得浪漫，我们是色如虹霓的玫瑰花；
爱得温存，我们是香若蜂蜜的栀子花；
爱得永恒，我们是情同松柏的月季花。

我们离别，自有那鲜花传递思念情话；
我们相聚，自有这鲜花装点氛围高雅。
我们欢愉，草儿纷纷开出了奇葩；
我们欣慰，树儿扬扬绽放了珍花。

我们的爱情
是两颗心培育的鲜花，
正如鲜花
是大自然孕育的精华。

让我们插上音乐的翅膀

我可爱的姑娘，
让我们插上音乐的翅膀，
披着霞光向着春色，
欣喜地比翼飞翔。

在浪漫的乐曲声中，
我们先来增添爱情的芬芳。
我们在樱花树下采集艳丽诗意，
我们在玫瑰园中谱写华美乐章。

在快乐的乐曲声中，

我们再来增添爱情的韶光。
我们在碧波湖中晓悟鸳鸯恩爱，
我们在彩云天上领略凤凰吉祥。

在高昂的乐曲声中，
我们更来增添爱情的激扬。
我们在大自然里感受山欢水笑，
我们在银河系内沐浴日辉月光。

2018 年“5.20”

上苍弹奏雨的诗情
浦江演绎波的画意
我在杨思街头信步
想着妻的柔情蜜意

我们在相爱中形成了一个圆

1957 年 4 月 10 日和 12 月 4 日，
是我和你降生人世的两个点。

在新中国温暖的怀抱中，
我们是分别延伸的两根线。

1975 年生机盎然的春天，
我们在申城巧遇了相交点。

从此我向着你你向着我同心发展，
我们在相爱中形成了一个圆。

我的宝贝“小鸭子”

爱妻美尼尔症已基本痊愈，
但她前庭器功能仍然不好，
走起路来看似还稳健，
一不小心就摔跤。

晴天在火车站续点茶水，
雨天到小饭店参加社交，
地上有点凉水雨水，
她都脚底打滑猛然跌倒。

“啪”的一声，
使我心惊肉跳，
她虽然没有摔伤筋骨，
我已心疼难熬。

她白发增多身体欠佳，
还硬撑着操持全家的温饱，
常常买菜购物拎着重包，
我在外工作帮不到她更加心焦。

我觉得鸭子走起路来摇摆可爱，
就送了她一个“小鸭子”的雅号，
回到家喜欢叫着宝贝“小鸭子”，
把她揽入自己的怀抱。

真想时刻陪伴着她，
牵着她的手当她的保镖，

还要给她买几双防滑鞋，
让“不倒妹”迈步阳光大道。

我永远在你身旁

在许多年以后
或许会有这么一个早上
当你醒来看着我时
发现我的神情很安祥
眼中却再也闪不出爱恋你的柔光
嘴里却再也唱不出赞美你的诗章
你千万不要痛哭
我只是先去天国探访
你更不要感到绝望
因为我永远在你身旁
每到夜晚
我的爱便是洒在你身上的启明星光
你随时打开我的诗卷
我的爱便会在你的血液里流淌

心语心愿

让你眼前的鲜花
倾吐我赞美的芬芳

让你头顶的明月
播撒我爱恋的柔光

让你脚下的流水

荡漾我思念的琼浆

让你身边的微风
传递我祝福的悠扬

找对象

那年，我认识一位姑娘，
她对我真多情。
但她虽有月貌花姿，
人却不聪明。

前年，我认识一位姑娘，
她对我还有心。
但她虽是才华横溢，
人却不够俊。

今年，媒人介绍一位姑娘，
一不聪明二不俊。
我倒想迁就，
她却望着我额头的皱纹说不行。

咳！我已成了老大难，
只好再把前两位姑娘寻。
谁知，那漂亮的姑娘早成亲；
不料，那聪明的姑娘已成名。

可别嫁给小心眼呀

可别嫁给小心眼呀，
要不，我们的友谊就完啦。
你会违心地疏远我，
对着醋海伸手给他。
偶尔，当我们路见，
你会晕红脸低头看娃娃。
过后，虽偷偷回眸、郁郁怀旧，
可还是笑容可掬地走进家。
抛弃所有男女间的友谊，
他才会说你已全心爱他。
可别嫁给小心眼呀，
要不，只好各叹流水落花。

爱情的滋味

初夏的西子湖在夕照下
柔和地闪着耀眼的金辉，
几个妙龄女子在白堤上
亲热地谈着爱情的滋味。

“爱情的滋味是苦的，”
那涂红戴绿的姑娘噘起小嘴，
“他呀，就知道搞设计，
一点也不体贴人，脾气又怪。”

“爱情的滋味是酸的，”
那矮矮胖胖的姑娘忸怩作态，

"昨晚上，我看见
他把一个女的送出家来。"

"爱情的滋味是甜的，"
那脸晕薄红的姑娘嗓音甜美，
"你们呀，还不懂得爱情，
才在苛求、嫉妒中尝了苦味和酸味。

"爱情是深厚的，
同甘共苦，倾心相爱；
爱情是高尚的，
携手并进，互相信赖。"

初夏的西子湖在月光下
轻轻地耀着淡淡的银辉，
几个妙龄女子在苏堤上
亲热地谈着爱情的滋味……

爱情与幸福在一起

宇宙与无限在一起，
太阳与光明在一起，
月亮与希望在一起，
爱情与永恒在一起。

山峰与崇高在一起，
海洋与博大在一起，
草原与生机在一起，
爱情与忠诚在一起。

雄鹰与理想在一起，
骏马与奋斗在一起，
鲤鱼与前程在一起，
爱情与成功在一起。

荷花与纯洁在一起，
牡丹与富贵在一起，
楠木与担当在一起，
爱情与幸福在一起。

雨后

我想那王母挥出的一河波浪，
已在春雷声中倾入长江；
我想那雨后明丽的蓝天上，
牛郎织女正悲喜异常；
我想那轻盈的流霞，
定是前去祝福的六位仙娘；
我想那神奇的彩虹，
定然通向他们富丽的天堂。

家

婴儿时，
家是舒服摇篮，
吮着母亲乳汁甘甜，
荡着父亲歌声悠扬。

少年时，
家是快乐天堂，
享着妈妈饭菜美味，
偎着爸爸故事温暖。

青年时，
家是约会西厢，
亲着花儿并蒂开放，
蜜着鸟儿比翼飞翔。

中年时，
家是生活靠山，
孝着父母安享天伦，
抚着儿女健康成长。

老年时，
家是幸福港湾，
恋着恩爱有乐有为，
依着相助健康平安。

爱你

你的缺点是夕阳
你的优点是朝阳
在我心上
你最亮

你使天地更广阔山水更壮丽

在广阔的天地间
有你纤美的身影
天地衬得更广阔
你也变得更纤美

在壮丽的山水间
有你娇美的身影
山水衬得更壮丽
你也变得更娇美

银杏
——为贤妻小萍生日而作

地球围绕太阳转了六十圈
转成你身上一甲子的年轮

你带着祖先的文明基因
向着无止境的未来拓展

升高的枝丫是你的思想
平衡与和谐是你的追求

你把一树绿叶染成金黄
向着阳光倾吐你的心声

春繁花，夏浓荫，秋硕果
那是你对大地母亲的回报

这一柄二叶是你的连心锁
把两颗相爱的心连在一起

生日标志着本年轮的圆满
同时意味着新年轮的开始

春去秋来增加的是年轮
继往开来不变的是情怀

你是真善美的使者

你是真的使者，
以务实创造成功人生。
春风是你奋发的朝气，
秋实是你腾飞的鹏程。

你是善的使者，
以助人创造快乐人生。
鲜花是你付出的微笑，
美酒是你得到的香醇。

你是美的使者，
以修身创造幸福人生。
青山是你高尚的坚定，
绿水是你纯洁的温存。

给未来的宝宝

好宝宝呀，
爸妈又在想你。
虽然你还在爸妈青春的活力里，
虽然你还在爸妈金色的幻想里。

好宝宝呀，
一年后你就能“呱呱”坠地。
你将生活在爸妈温暖的怀抱里，
你将成长在爸妈美好的祝愿里。

好宝宝呀，
倘如你是个男孩子，
爸妈就叫你“建伟”。
“小伟伟”呀，
爸妈的希望就在你的名字里。

希望你树立崇高的理想，
为建设伟大的祖国尽力；
希望你勇攀高峰，
建立不朽的伟绩。

好宝宝呀，
倘如你是个女孩子，
爸妈就叫你“小青”。
“小青青”呀，
爸妈的希望也在你的名字里。

“青出于蓝而胜于蓝”，
这是祝你比爸妈生活得更有意义；
“青青芳草迎风起舞”，
这是祝你要有芳草一样顽强的生命力。

好宝宝呀，
爸妈多么疼爱你。
你要健康地生长，
别让爸妈着急。

好宝宝呀，
懂事后要好好学习。
要听爸妈的话，
别惹爸妈生气。

好宝宝呀，
长大后别辜负爸妈的希冀：
要像妈妈那样心地纯洁，
要像爸爸那样壮心不移。

好宝宝呀，
虽然你还未来到人世里，
爸妈已在爱你，
爸妈已在希望你……

美
——赞晴晴

容光美

身段美
天生丽质展现美

谈笑美
举止美
腹有诗书弘扬美

心灵美
愿景美
胸怀世界创造美

我的愿望

假如我能得到传说中的宝葫芦，
可以帮我实现三个梦想，
亲爱的，你知道，
什么是我最愿实现的梦想？

当然，我绝不会想入非非，
比如成为亿万富商，
比如再有一个儿子，
比如得到多大名望。

我想实现的第一个梦想，
是与你饱览祖国最美的地方，
在每一个景点都摄下我们的欢快，
让你回来后给子孙讲述得神采飞扬。

我想实现的第二个梦想，

是给你买架钢琴放在厅堂，
我写诗来你谱曲，
让我们幸福的爱情插上翅膀飞翔。

我想实现的第三个梦想，
是让我们永葆青春和健康，
更好地孝敬父母安享天伦之乐，
更久地共度孩子成功的美好时光。

假如你能得到传说中的宝葫芦，
可以帮你实现三个梦想，
亲爱的，你也告诉我，
什么是你最愿实现的梦想？

我与陌生的姑娘雨中拼伞

申城初秋的天气变化多端
早晨还升起太阳
傍晚就降下大雨
许多人淋湿了却没伞遮挡

我撑开黑色的大伞下班回家
沿华山路绕过兴国宾馆北墙
正巧站到淋着雨的姑娘身旁
友好地把伞移过去与她拼伞

我们等着交通信号红灯切换
她看看我又瞧瞧伞
柔甜地道了声“谢谢”

便将目光回落到手机屏幕上

我怕她害羞没敢瞅她的容貌
只见她穿着合身的长裙短衫
偶尔我的胳膊触到她润凉的臂膀
更感到她青春的气息幽兰的芬芳

绿灯亮起使横道线上变得安全通畅
我们并肩穿过大街走向同一个车站
她说“我乘的公交车来了”就离伞跑去
又抛出“谢谢”声浪萦绕着我回响

我是一棵小草

我是一棵小草，
既无牡丹的华贵，
也无玫瑰的多情，
却有春的向往，
绿色的生命。

我是一棵小草，
既不招蜂惹蝶，
也无依附爬高的本领，
却热爱大地和阳光，
有着不屈的个性。

我是夸父

我是夸父，

迈出的每一步，
都是对太阳的追逐。
纵然渴逝，
也要倒在前进的征途，
化作一片桃林，
为后人造福。

假如

假如我是昙花，
我要尽情地吐露芬芳；
假如我是流星，
我要放射出全部光芒。

只要芬芳能沁人肺腑，
只要光芒能照人心坎，
在花丛中、在群星下，
我将乐于一现、一闪！

根

扎进大地广漠高山，
使劲拓展深度广度。

紧扣泥土沙砾岩石，
撑起日益沉重的树；
尽吸水分和矿物质，
滋养逐渐高大的树。

狂风袭来树摇不倒，
根被撕裂坚强守护；
干旱摧来树渴不枯，
根竭心血倾情呵护。

不见绿叶鲜花硕果，
甘守地下无私付出；
不遇日艳月洁霞丽，
宁处暗里无怨如初。

虽然万物没法关注，
本就远离名利追逐；
虽然树木不能回报，
本就终身奉献为福。

热爱大地广漠高山，
拓展生命厚度力度。

我爱蓝

我爱蓝——
高天明净的蓝。
愿世人都有明净的心，
同在天空下放飞梦想。

我爱蓝——
大海深沉的蓝。
愿世人都有深沉的情，
同在地球上收获希望。

我爱蓝——
所有美丽的蓝。
愿世人都追求真善美，
同在人世间和平发展。

依然爱着你

上海如果没有寒冷
我会更爱你

祖国如果没有雾霾
我会更爱你

世界如果没有战争
我会更爱你

我依然爱着你啊上海
你的光荣融我血里

我依然爱着你啊祖国
你的伟大怀我心里

我依然爱着你啊世界
你的未来在我眼里

大爱

天以雨滴亲吻大地

我以脚掌亲吻祖国

天以风梢爱抚山河
我以目光爱抚人间

老树新生

老树逢春
又长新绿
一载一重生
千岁复轮回

老人逢春
又添新岁
肉体无不灭
精神有永存

短与长

人生短
短在生命
尚未满足欲望
就将脱离凡境

人生长
长在精神
写篇不朽诗章
就已实现永恒

思想比生命更久长

生命是思想的母体
思想是生命的辉光

生命靠物质来燃烧
思想靠经历来滋养

生命能在时空运动
思想能超界域遨翔

生命离思想去转化
思想比生命更久长

八起歌

日为光明而升起，
月为温馨而盈起。

山为崇高而耸起，
江为纯洁而流起。

鸽为和平而飞起，
花为美好而秀起。

国为复兴而强起，
人为贡献而奋起。

站在新年的门槛

站在新年的门槛
祈福的钟声在久久回响

这门槛是我的接力站
我眷恋地回望豪迈地展望

从披荆斩棘到开路搭桥
人生之路越走越宽广

一甲子像大江东去不复返
却扎下了深根留下了馨香

离开坚守的岗位来到神往的城乡
我愿做园丁培育诗国的芬芳

在伴随我的祈福声中
我跨过门槛走向远方

第二集 格律诗

五绝·太湖晚景

远山衔落日，湖水吐余晖。
渔火芦边闪，潮声月下回。

五绝·黄山茶林场夏家湖初夏晨景

湖面生烟气，山清影渺茫。
花茶香溢处，犬吠护林场。

五绝·旅途偶成

登峰抒壮志，望海感深恩。
谁爱山和水，志高情也真。

五绝·阳光雪

暖阳江畔耀，寒雪漫天扬。
花舞光摇曳，玉飞心畅翔。

五绝·遍地春花

柳风裁秀丽，杏雨酝芳馨。

沪上春来早，繁花遍地欣。

五绝·自强

牡丹呈国色，金桂奉天香。
强者不相比，卓绝自展长。

五绝·梅花

一枝花吐艳，雪地映霞辉。
为报芳春讯，凌寒独自开。

五绝·迎春

翠蔓临风舞，金英带雪开。
休言弱似柳，最早迎春来。

五绝·萱草

凌晨涂艳色，午夜卸浓妆。
虽仅一天秀，也留满地香。

五绝·菊花

秋深花落日，倔强傲霜开。
宁在寒风里，抱香枝上衰。

五绝·金桂

密叶凌风绿，繁花傲雪黄。
天香传万里，寰宇共芬芳。

五绝·月季

春光住此中，方谢又复荣。
不怕寒和暑，赢得月月红。

五绝·蝉

为蜫不自卑，忍辱未觉微。
汁露化成宝，梦圆歌晚晖。

五绝·湖州少女

声同竹籁脆，笑若荷花开。
尽日如飞燕，衔春串客宅。

五绝·贺“墨子号”量子卫星发射成功

卫星辐量子，通信地连天。
创造无穷尽，潮头勇领先。

五绝·人无世外源

华有民心岳，人无世外源。
桃花凌疫艳，励我胜毒阎。

五绝·热恋

折柳说竹马，行舟论古诗。
林中迷恋处，月起不觉迟。

五绝·与妻共勉

银发伴年长，赤情随历增。
志高心不老，携手乐攀登。

五律·桂花

群芳摇落日，叶腋缀金黄。
月降三秋色，风飘九里香。
玉容虽不艳，天馥已无双。
花俏难长久，圣洁千古扬。

五律·西安

秦峰拥雁塔，渭水育英豪。
汉启丝绸路，唐弘盛世朝。
救国齐荡寇，兴市共逐潮。
继古开今日，人民尽舜尧。

五律·颂中国民生工程刷新世界纪录

国大困难巨，蓝图举措全。
索桥捷列岳，天路富高原。
改电洁风暖，开渠碧浪甜。

惠民圆梦想，赤县更娇妍。

五律·同心胜疫

尘间苦疫灾，流动广传染。
野物宿毒多，凡人得病惨。
全国防控严，各户隔离罕。
患亡万千升，同心朝好转。

五律·人心须善始

苍天也有情，泪雨挥难止。
病疫易成灾，毒疾多致死。
全国速拯防，秘药急研使。
造难不重发，人心须善始。

五律·胜疫了民情

武汉封城堵，全国闭户屏。
别亲孤度日，念眷寂瞧星。
发乱参严控，眉白盼早宁。
齐襄援鄂队，战胜了民情。

五律·人生感悟

征程多坎坷，圆梦少平台。
往事常萦梦，贵人最感怀。
新芽难破土，老树易成才。
上善如流水，前行境界开。

七绝·杜鹃

杜鹃声里杜鹃红，朵朵绯云落九重。
一望无边如火海，起伏峡谷雪山中。

七绝·水仙

玉骨冰肌不畏寒，花开水上更超凡。
吹香弄影足高雅，恍若天仙到宇寰。

七绝·太阳花

巴西苋种九州栽，蕾小芳微不自哀。
遍采阳光勤酿彩，江山尽染展情怀。

七绝·绣球花

百花相聚簇成球，绚烂馨香满院收。
适应土壤多变色，酸蓝碱赤显春秋。

七绝·金桂蜡梅同迎春

今冬沪上有奇观，金桂蜡梅赛斗寒。
黄错千枝白雪衬，香融万缕满城传。

七绝·可燃冰吟

——贺我国南海全球首次试开采可燃冰成功

冰清玉润聚洁能，千采百提出浩海。

渴望燃烧亿万年，民强国富呈深爱。

七绝 · 青岛海湾大桥

跨海青桥连列岛，绝长最棒世无双。
天蓝水碧车飞渡，疑是彩虹舞上苍。

七绝 · 赏升金湖晚景兼赞池州天源新发展

雨后彩虹挑日月，山前碧潋耀金银。
池州雁阵飞鸣远，笑看天源万象新。

七绝 · 中学毕业前夕与同学涉海滩

迎霞挽手下粼滩，沙厚风狂作笑谈。
晃晃相搀一步步，齐观乳燕逐征帆。

七绝 · 立志兴诗

光阴寸寸胜千金，奋斗年年不畏辛。
立志兴诗促进步，鹏程万里献丹心。

七绝 · 端午祭屈原

糯粽菖蒿遍地香，雨中遥望汨罗江。
离骚读罢思忠烈，德艺流芳万代长。

七律·赞中外陆海丝绸之路传承发展

——贺“一带一路”国际合作高峰论坛圆满成功

古贤开辟丝绸路，中外功臣载英名。
驼队跨国增友谊，宝船航海促文明。
战衰万众承同损，和盛千邦享共赢。
顺应潮流提倡议，务实合作受欢迎。

七律·战疫必胜

庆旧迎新盈喜气，瘟神落地起阴霾。
封城勇士齐消疫，闭户全民共抗灾。
天使攻坚出拐点，国家治本保将来。
英雄殉难精神在，圆梦中华盛世开。

七律·一见钟情

避暑欣然遇海滨，有缘一见两相钦。
对诗巧露鸳鸯意，通信直说郎女心。
柳下执别云落泪，山间笑语水弹琴。
八年过后稻熟日，岭北江南共探亲。

十六字令·乐做诗牛

秋，莫道离职万事休。勤诗颂，乐做报国牛。

十六字令·携手攀登

山，道险峰高携手攀。同登顶，放眼看尘寰。

渔歌子·梅雨时节

银河泛滥溢苍天，阴雨连绵涝人间。补宫陷，泄水淹，鸟语花香日光甜。

如梦令·环境和谐道远

武汉疫毒狂卷，万众染疾危险。军地速驰援，决战挽澜效显。拐点，起点，环境和谐道远。

长相思·茶叙谋发展

醒老茶，品红茶，谋叙文学顺势发。涛声溅浪花。
续新茶，赏香茶，展话文朋心愿达。暑天流晚霞。

长相思·盼归

梅未衰，人先衰，瘟虐凡间雨雪悲。宅家梦倚偎。
雁南归，人难归，眷在同城何日回？疫消欢泪垂。

采桑子·颂战疫天使

九州疫起传金鼓，天使迎击。鄂告危急，军地驰援决战激。
英雄倒下全国悼，遗愿承袭。剿灭流疾，保卫安宁志不移。

卜算子·暑热

宇宙入烘箱，万类承灼烤。海沸山融地生烟，牛喘蝉聒吵。
日燃疑雨枯，光烁嫌荫少。爱夏方知暑难捱，但愿秋来早。

忆秦娥·咏竹

芽破土，簇生速长凌空舞。凌空舞，甘当禾草，敢超乔树。
外直雪暴从容度，中空雨润高洁铸。高洁铸，茫茫青翠，年年清馥。

江城子·中华五千年

中华上下五千年，舜尧贤，汉唐坚。清末闭关，积弱缴销烟。割地殖民赔款辱，革命起，帝朝颠。
日军侵略速吞兼，共国联，寇奸歼。安内逆施，解放换新颜。建设改革发展快，山水笑，艳阳天。

水调歌头·新岁起风雨

新岁起风雨，大疫暗尘间。病毒侵染无影，播散向无边。武汉高发灾重，各地流传祸纵，多境互殃延。宇宙共同体，命运本相连。
速封市，广闭户，阻妖翩。举国灭害，中外联手力回天。医护舍生扶众，干警积劳防控，战士速支援。世界消魔日，人类庆还元。

念奴娇·登高望

珠峰傲屹，看风云激荡，天地翻覆。沧海桑田人进化，四大文明逐鹿。汉唐繁兴，陆洋贸易，国际龙威树。中华崛起，外侵中朽清肃。
解放燕舞莺歌，防修反帝，拨乱循法度。弯道超车谋跨越，技术信息引路。量子星升，洁能冰燃，民泰国强富。

艳阳高照，神州圆梦同祝。

沁园春·金秋抒怀

宇宙时空，世界文明，运变有常。看阳升星陨，晴明雨暗；花开叶落，和顺纷妨。社会趋福，信息促进，命运联同合作忙。华崛起，赞改革开放，国富民强。

天灾人祸连尝，幸舵手潮头拨正航。恰病多体弱，心纯志大；文习武练，业立家昌。从警除邪，写诗扬善，圆梦神州喜欲狂。金秋到，正南乡北市，硕果呈祥。

戚氏·看殷行

看殷行。杨浦东北近长江。肆镇明成，两朝疏浚筑河塘。垦荒。拓摊疆。民国修路贯八方。兴开水电工厂，腹地宽广沃田芳。日寇登陆，沿途杀戮，抗击胜利激扬。幸摧枯解放，加快发展，百废归昌。

拨乱反正兴邦。开发建设，上海动迁忙。中原起、打桩声响，大厦成行。入新房。配套到位，连通地铁，百货琳琅。近平嘱践，旧貌新颜，十载奋进慨慷。

美丽家园好，安居慰慰，乐业堂堂。住处花开树茂，享阳光老少俱安祥。市衢日益繁华，昼游热闹，夜赏霓虹亮。去校园、励志读书朗。进森林、心旷情昂。正梦圆、党建引航。向未来、勠力创辉煌。世间宝地，生活惬意，愿为故乡。

天净沙·春兴

风清日暖江流，柳青桃馥莺啾。卸任偕妻会友。扬帆祝酒，和诗欢颂金瓯。

金字经·庆中国高铁创造世界速度

高铁织大网，动车通九州。飞快安全舒适优。嗖！速超美日欧。多联手，造福丹志酬。

十二月过尧民歌·驻春

自节别千楼隐隐，至冬尽万道阴阴。惊新冠播散纷纷，钦天使阻战频频。忍闭户防毒慎慎，念回家梦眷嗔嗔。

感沿江翠柳燕鸣馨，想连天碧草月穿云。观时情向好传闻，慰英灵胜利驱瘟。驻春，全民更善真，九域趋安顺。

第三集　新风诗

仿《伊耆氏蜡辞》祈福

世返其和，国复其兴。
家葆其福，人归其清。

前程灿灿

元旦日旦，信誓旦旦。
实干巧干，前程灿灿。

摘梅解馋

风和日暖，梅已紫红。
摘球解馋，笑道酸浓。

山水之恋

山绕着水，水萦着山，
山高水深，意重情长。

山恋着水，水慕着山，
山清水秀，相映增光。

山依着水，水靠着山，
山刚水柔，同担风霜。

山衬着水，水托着山，
山坚水韧，共享艳阳。

昙花

一现得永生，花谢香未消。

冬

岁寒聚阳气，大地蕴活力。
春来花竞发，蓄养在冬季。

严寒自难长

冬随鸣雷尽，春乘酥雨入。
严寒自难长，冰雪终润物。

雨都

黄梅已无季，淅沥贯四时。
魔都成雨都，女娲快炼石！

中和解旱涝

南雨积涝害，北干扩旱灾。
谁有回天力？中和抒民怀。

山与雪

暴雪袭青山，见雪不见山。
青山本岿然，雪化绿如染。

山与影

光动山影动，影动山不动。
山静影不静，影动非山动。

观山感悟

远望一面山，近看几处景。
面面处处观，饱览山与景。

太湖晨景

太湖神匣开，旭日镜中辉。
山岛随影动，鱼禽悠游飞。

京杭大运河感赋

银河落京杭，耀日越千年。
战乱随波去，邗沟荡醴源。

树

大树能伸曲，向上撑繁冠。
根深力自强，荫郁心始安。

梧桐

梧桐解人意，应时叶稀繁。
暑夏遮阴凉，寒冬透日暖。

叶

春添一抹绿，夏展一片荫。
黄了不居高，愿当炉内薪。

红梅

湖清花映红，风稠香溢浓。
堤斜脊梁直，雪重春色融。

秋菊

非傲不春来，花谢占秋开。
不怨清季种，甘愿献芳海。

栀子花

冬育得冰清，夏绽呈玉洁。
甘香传心语，与子永相偕。

丝瓜

泥中根发力，地上藤攀索。
高调度芳华，低姿结硕果。

2015年小暑上海出现百年罕见桂花早发

小暑遇天凉，申城飘桂香。
花开本自然，反季亦正常。

香生传广久

好花不长秀，韶华不长留。
娇失何足惜？香生传广久。

乡村风

蓝天飘白云，黄土育青芊。
绿色富农路，越走越香甜。

壮志征太空
——贺神州十号载人飞船发射成功

壮志征太空，神十会天宫。
奠基新港湾，圆梦建奇功。

登塔山

既登莫干山，非上塔山顶。
纵然峰不高，壮心亦可敬。

旅行与德才

小小旅行团，社会大舞台。

待人和处事，件件显德才。

旅游与购物

乘上观光车，到处受欢迎。
旅游促发展，购物得双赢。

文人乐水

驰舟驾绿水，骋山迎来人。
下河钓今古，上岸烹诗文。

为小萍生日而作

出世结缘幸，庆生杏呈金。
岁长境界升，不老是童心。

生日歌

我是一朵花，开在百卉中。
向阳吸地力，历久香愈浓。

抒怀

攀岳战胜险，立业攻克艰。
登顶勇为峰，圆梦敢创先。

愿为一道光

平生好高洁，入世在城乡。
若能达化境，愿为一道光。

诗文万代传

人守钱百箱，君伴书满堂。
权财生前贪，诗文万代传。

精神价更高

生命诚可贵，精神价更高。
创造促发展，名利皆可抛。

中秋寄语后羿

既有射日功，能无登月威?
快趁蟾宫近，抱得嫦娥归。

惜别

春江情脉脉，南岭愁重重。
渡口两依依，黄昏雨蒙蒙。

孤寂

别后向谁说，满腹情与思。
山明水秀处，独坐对鹭鸶。

种花

佳人怀芳心，培植润甘霖。
花开倍思亲，香风传温馨。

团圆

掰开月饼来，和妹各一半。
月可自团圆，人岂能失伴。

你也像燧石

你也像燧石，我也像燧石。
两石一相碰，迸发火和知。

你也像红莲，我也像红莲。
两莲永不离，命根紧相连。

自立自强自豪

莫羡富二代，做人当自立。
生活宜简朴，创造最甜蜜。

莫羡星二代，做人须自强。
轻名宽心胸，为民最荣光。

莫羡官二代，做人贵自豪。
德才要兼备，报国最崇高。

雾霾须治理

雾霾笼城乡，灰天又遮阳。
限产缓污染，关道停通航。
空气伤心肺，口罩护健康。
实现中国梦，环保当加强。

菲特登沙埕

最强秋台风，菲特登沙埕。
巨浪摧堤坝，水灾困市省。
暴雨淹余姚，西湖漫杭城。
百万军警民，抢险保民生。

暴雨袭申城

暴雨袭城乡，俯瞰皆汪洋。
灌木成水草，街市变海港。
人愁浪上行，车险波中航。
防汛故重要，排涝计从长。

雨滴

无意上蓝天，有心归红尘。
夜潜飞清影，日降献洁身。
着水化枯冬，入泥润芳春。
滴滴成好雨，殷殷来报恩。

长江三峡

夔门镇峡关，南津卫河山。
两岸峰对峙，一江水急湍。
白帝赏彩云，神女祈平安。
昔日古战场，今朝添奇观。

桂林

百越居住地，始皇置桂林。
山峦出芙蓉，江湖映峰云。
舟恋天上行，人醉画中吟。
民族风情盛，留住远客心。

江郎山

飞来三巨岩，撑起九重天。
日出披霞光，月升顶云烟。
攀探一线奇，瞰惊万仞险。
登峰透雾岚，山川竞娇妍。

宏村

建村近千年，再现桃花源。
北山列屏障，南湖展云天。
月沼涌清泉，水圳绕宇轩。
形牛有灵性，画乡育圣贤。

朱家角镇

三国为村落，宋元成集市。
店兴北大街，钟鸣慈门寺。
湖波漾淀山，橹声荡课植。
古镇依水建，沪郊威尼斯。

同父兄逆涉皁溪

日落莫干初，逆流笑相逐。
苔滑攀斗巧，水冷涉知舒。
渴时掬泉品，情来戏浪抒。
杜鹃啼晚红，客影剑池疏。

偕妻访嵩山少林寺

习武崇少林，偕妻访嵩山。
碧溪锁古寺，屏障护宗禅。
达摩授正法，助战保平安。
天下第一刹，美誉万代传。

郁金香

生根不畏寒，开花报春暖。
一支擎玉杯，万朵展云毯。
白洁紫高贵，红爱粉妙曼。
彩霞映芳海，微风醉灿烂。

喜闻上海青年就业率最高感赋

就业民生本，工作幸福源。
祖国奔富强，青年冲前沿。
城市创文明，栋梁好梦圆。
成才当趁早，建功最甘甜。

喜闻我国出现“史上最大海归潮”感赋

留学增本领，海归建功勋。
倍尝相思苦，更觉团聚欣。
家是故乡好，人是祖国亲。
游子来报效，复兴传佳音。

上海书展

盛夏办盛会，日暖书香暖。
馆外排长龙，厅内纳百川。
芬芳润心灵，文化扬风帆。
阅读嘉年华，岁岁促发展。

和包公诗

清白做人本，干净做事首。
君交淡如水，徒合臭相投。
高洁终成栋，贪腐必为囚。
齐力扫阴霾，艳阳朗神州。

赞公务用车改革

从政卅余载，享车十多年。
人物隔窗看，家局驱轮连。
走路乘公交，健身添红颜。
干群更亲和，改革促清廉。

中原当故乡

金秋回殷行，信步萦桂香。
老少乐融融，街区盛昌昌。
日日践嘱托，年年奔小康。
杨浦多情缘，中原当故乡。

重阳敬老

重阳来偕老，踏秋去登高。
品桂乐香甜，赏菊赞情操。
把盏敬美酒，执筷献松糕。
父母恩似海，子女当尽孝。

偕妻访良师

打车穿春城，踏径访良师。
品茗话儿女，享看论文诗。
承古抒豪情，鉴洋发杰思。
挥别日当空，约醉花满枝。

偕妻赴北京

菊艳桂香时，谈笑赴京城。
动车穿风疾，金秋迎面呈。
东西访宝地，咸亨宴高朋。
情恳人多助，心诚事皆成。

偕妻渝蜀行

才暖申城日，又寒雾都雨。
常甜浦江水，偶香嘉陵鱼。
菜贵常愁沪，药廉忽恋渝。
各地风情异，超格应常旅。

偕妻游重庆

雾都雨路滑，妻摔幸未伤。
轻轨穿民宅，索道越长江。
白洞悼先烈，博馆慰兴邦。
感怀解放碑，提速奔前方。

爱家

地球为圆形，圆心在咱家。
我本是宅男，居中著芳华。
妻女爱旅行，遍地留英发。
风筝飞云端，思线常牵拉。

七夕节祝愿

天帝变慈父，郎女得幸福。
鹊桥助相聚，花屋供同住。
银河齐沐浴，玉宇共信步。
七夕来祝愿，情人成眷属。

申城亟需治雾霾

冬来竟灾来，申城变灰城。
早晨雾浓浓，昼夜霾蒙蒙。
白天日可赏，晚上月难逢。
阻至海陆空，殃及农工生。
户外停健身，室内用洁风。
久处污染中，亟盼还清澄。

偕妻冬日红园寻芳

天蓝日红云飘，草青树绿花娇。
鸳鸯冬园寻芳，心随鸣禽凌霄。

舒爱萍《随夫冬游红园》：日暖风和林茂，湖清亭秀花俏。夫妻冬游故地，触景回忆年少。

春分

艳阳高照昼夜均，花海漾金香漫天。
瘟神将像冬寒去，喜看春色满人间。

舒爱萍《和夫君〈春分〉》：日照月辉各不偏，最喜变幻三月天。举国抗疫频传捷，好景永存人世间。

七月二十八日夜风雨大作

一声轰鸣天破碎，银河呼啸落九天。
谁能炼得五色石，来救天涸人世淹。

松潘怀古

唐蕃交战无遗迹，汉藏和亲有塑像。
干布文成传佳话，民族团结国安强。

走进银色山野

远望群峰飘白云，近看万物覆洁雪。
林透霞光鸡报晓，尽享清新入山野。

雁荡山

火山喷出博物馆，造型地貌多奇观。
湖悬瀑飞衬岩嶂，雁鸣芦荡恋峰峦。

黄山茶林场秋景

岭外黄山露朦胧，场中碧湖映葱茏。
满目斑斓秋意浓，最爱水杉日照红。

春风

催生万蕾迎春天，剪出百花竞娇妍。
染成秀色满人间，传来馨香醉心田。

植物

不按草木论低高，贵以花好显俊娇。
芍药不因出泥卑，芙蓉更为凌波骄。

鲜花

四季都能开鲜花，八方皆好绽奇葩。
根扎大地蕊向阳，美丽馨香遍中华。

夹竹桃

灌木也能成大树，笑迎寒暑春常驻。
红霞白雪耀枝头，丹心洁身传芳馥。

油菜花

从南到北次第开，黄海香波涌春来。
一棵独长不流金，万株丛生方溢彩。

兰花

剑叶有骨向高天，蝶花无心成娇仙。
不竞艳色于草中，只留纯香在世间。

金梅

褐枝疏斜方渐圆，金英纷绽香溢远。
凌寒傲雪迎春来，笑看百花更鲜妍。

水仙花

荆州唐种九州栽，早春新蕾三春开。
甘伴清水不染尘，叶挺花洁馨香来。

牡丹

国色轻摇露映辉，天香浮动蝶恋霏。
不为称魁独占春，乐与百花共芳菲。

荷

莲蕾凌波立擎志，荷华向阳圆馨梦。
身为水草不自贱，藕洁花婷最清正。

睡莲

日出花舒皎为美，月来英卷姿亦磊。
生于淤泥清水中，洁身向阳终不悔。

杜鹃花

春夏秋冬布谷催，乔灌藤草杜鹃归。
类多形异更缤纷，神州大地尽芬菲。

蒲公英

戟叶平展多棱角，柱梃直上不弯腰。
黄花开在大地上，绒种向阳育新娇。

虎刺梅

阳台盆栽虎刺梅，日夜葩红十五载。
花微香弱不气馁，心宽寿长自多彩。

大熊猫

八百万年活化石，形萌态娇黑白谐。
喂竹捡粪复造纸，循环发展助强崛。

舌尖上的中国

舌尖滋趣诸季集，各地美食真故事。
色香味自勤慧来，吃在中国好福气。

春姑晒茶

千宅瓦顶瞻无边，万户人事探有缘。
闻香循径识晒茶，访知春姑去耕田。

赞文化兴酒

茅台浆香飘中外，黔醉酿醇悦古今。
更喜载道黑白到，文化兴酒传佳音。

海派建筑

旧宅新房在传承，中楼西厦正融合。
申城建筑有文脉，海派大气也谦和。

夜游黄浦江

夜游浦江佳绝处，白渡桥至十六铺。
水中灯船泛月光，两岸晶宫炫入目。

旅行

坐车惊穿地震带，挪步险走霜雪道。
自然造化多美景，旅行有危更有妙。

上海书展暨“书香中国”上海周感赋

亿书荟成芳艳海，万民蜂拥采花来。
墨香飘入城乡家，智蜜育出栋梁才。

贺嫦娥三号探月成功

巨龙腾飞上太空，嫦娥轻降访月宫，
观天看地测卫星，绕落助回定成功。

贺深海饱和潜水成功

饱和潜水三百米，首次漫步南海底。
拓展生存要资源，敢到龙宫插红旗。

喜闻上海市质子重离子医院首例灭癌成功

放射首用碳离子，体内爆破灭恶癌。
砺剑试锋传捷报，尖端造福向未来。

悼余光中

入台赋愁盼回归，诗文评译著贤功。
蓝星陨落海峡哀，同胞齐悼余光中。

少女爱淳雅

少女常穿青花衣，不求奢华爱淳雅。
貌美心善志更大，愿献青春报中华。

赞黄玉燕朗诵原创诗歌《有一枚钻石》

容秀身倩心高洁，诗豪乐美诵铿锵。
钻石喻人弘正气，胸怀家国情飞扬。

唱歌

嗓润腔圆涤性灵，声甜音醇出真情。
人生就是一首歌，快乐心曲最动听。

弹琴

凤眼遥望窗外月，玉指妙弹古琴弦。
一曲盼望音缠绵，愿君感知早团圆。

中秋偕妻拍月

昔年相思望圆魄，今夕依偎沐清辉。
趁着月近云飘离，拍得婵娟话回归。

勤奋便是截光阴

知识江河源流长，求索进取不辞辛。
大坝可以截洪流，勤奋便是截光阴。

二十周岁自勉

为国为民甘为牛，无名无利乃无愁。
感叹二十贡献少，幸有数倍在后头。

银发伴随心愿长

平生爱理小平头，持枪处突更精强。
而今宅家齐抗疫，银发伴随心愿长。

立志报国成大业

花谢还有复开日，人逝绝无重生时。
立志报国成大业，任重道远奋蹄驰。

万众一心强中华

个人得失皆小事，祖国盛衰系千家。
百川归海成大势，万众一心强中华。

金泽水库

浦江上游造水库，金泽古镇降瑶泊。
高效兴建赞城投，优质监理扬宏波。
五区供应保安全，万民享用慰清卓。
思源感恩共产党，圆梦中华共拼搏。

青海湖

山隆气干成咸湖，恍若宝镜成瑶潭。
烟波浩渺神威城，碧水荡漾孤插山。
屏障环抱霞映池，鸟兽戏鸣冰盖滩。
中国最美陆心海，生态和谐本自然。

太湖

陨石冲击出太湖，宛如弯月降人间。
碧波奏石鼋头渚，白鹭飞天湿地园。
两山环水耀明珠，三桥架陆奏香弦。
夏禹泄洪入大海，今民兴利胜前贤。

杭州西湖

知是海湾变内湖，信为天宫降明珠。
三潭印月柳拂日，双峰插云鸟鸣坞。
山环水绕城韵漾，堤上桥下花香浮。
感怀白许邂逅处，崇敬中山志踌躇。

阳朔

地壳运动海变陆，风化雨溶秀江山。
林峰映水舟游崖，燕湖照天云托船。
月洞圆镜观悠哉，蝶泉仙境赏翩然。
不是世外胜桃园，水墨画中莫忘还。

善卷洞

飞瀑轰鸣呼客来，三层四洞任徘徊。
砥柱峰寒狮象凝，云雾洞暖荷花开。
雨后水声辨四门，地下古溪疑龙宅。
绝妙洞天哪里来？轻滴缓流千万载！

武夷山

湖盆挤压升成山，华东屋脊甲东南。
黄岗主峰攀峭壁，天游岩脊履云滩。
九曲碧水贯群峦，两岸丹霞衬风帆。
谁能绘就诗意画，造化神功入夜谈。

丹霞山

盆地造山历亿年，继续成长创高新。
地上红崖力擎天，湖畔赤壁险回禽。
锦江穿行映峰峦，奇石象形显阳阴。
韶关丹霞世最美，神雕雄秀中外钦。

华山

一山飞峙扼中原，三峰屹立护婵娟。
攀崖揽月走峭壁，登顶摘星游云天。
黄河披霞唱澎湃，秦岭戏雾舞蹁跹。
壮美景色收眼底，无限风光在心间。

黄山

岩浆冷凝山拔高，冰川风水漫凿雕。
莲花初绽松迎客，光明久放峰涌涛。
日出云海浮红叶，瀑泻雨泉荡碧霄。
不慕殊荣第一奇，愿与五岳共多娇。

翡翠谷

仙都罗汉护长峡，谷中彩池映飞霞。
晶莹翡翠洒人间，绚丽瑶潭耀天涯。
玉溪涌泉出灵石，银瀑泻珠入神匣。
第一丽水誉九州，情爱圣地韵绝佳。

雅鲁藏布大峡谷

山水运动创奇观，高原通道雾气茫。
两峰对峙耸云霄，一江长绕涌大洋。
四瀑鸣泻落银河，九带香绿变炎凉。
举世无双大峡谷，地球秘境多宝藏。

南迦巴瓦

喜马拉雅西地结，脱海成陆七亿年。
群峦连绵漾波浪，主峰高耸涌云天。
湛蓝江水映雪山，晶莹冰川迤林原。
壮丽秀美临仙境，天下第一得真诠。

藏布巴东瀑布群

雅江本有冰川愫，宁静东流变群瀑。
悬河咆哮落碧霄，深潭轰鸣腾白雾。
野马发狂正跃下，岸崖震动欲倾覆。
阳光化作七彩虹，辉映浪花向远处。

绒布冰川

珠峰脚下有奇观，积雪变质成冰川。
塔林千姿胜仙境，蚀湖百态耀人寰。
地就立锥插苍穹，天成悬河降山峦。
气候变暖正消融，发展勿忘护自然。

九寨沟

浅海演变四亿年，仙界美景幸凡间。
三峰披雪见刚雄，诸湖焕彩显柔绵。
万瀑齐啸泻银河，百鸟和鸣舞香园。
震后偕妻游忘返，祈愿造化结善缘。

黄龙

夏短冬长春秋连，十月来游气候优。
空中雄柱雪宝峰，人间瑶池黄龙沟。
崖陡谷深落千丈，林翠湖彩誉九州。
行至景深栈尽处，夕照鸟鸣恋金瓯。

乌尔禾

水族天堂白垩纪，湖底升起成戈壁。
礁石古堡震壮观，岩山风城惊神奇。
雪盖台地睡温柔，夕照雅丹燃瑰丽。
不疑穿越到幻境，更信自然有神力。

巴丹吉林沙漠

内蒙西部有瀚海，金沙无垠曲线美。
峰顶芨草天上舞，丘间骆驼漠中来。
星罗碧湖飘白云，棋布清泉涌甜水。
骑近古庙观人文，爽与牧民醉一回。

黄河壶口瀑布

黄河澎湃入壶口，金瀑倾泻降神州。
巨浪滔天响惊雷，长虹戏水舞群鸥。
峡谷千里镇汹涌，孟门两岛立中流。
大禹劈山治洪灾，利水兴国壮志酬。

上海外滩

申城观光必到地，上海外滩风景线。
信步长堤志踌躇，泛舟浦江情潋滟。
西赏万国建筑群，东尝千楼摩天宴。
壮美震撼第一湾，纤道租界现巨变。

亚龙湾

蓝天落地惠玡琅，碧海升空罩四方。
水宇相连鸣飞鸥，云波互涌耀阳光。
青山逶迤显琼楼，岬角伟岸护边疆。
椰影婆娑鱼斑斓，游人戏浪恋银滩。

西沙群岛

西沙开贝灿明珠，群岛绽莲迎朝阳。
蓝宝项链耀中华，舰艇编队护南疆。
彩礁游鱼绚龙宫，绿树飞鸟美天堂。
海战收复越占处，宣德永乐更盛昌。

鼓浪屿

海上花船胜天堂，涛声琴音伴远航。
礁石中空正擂鼓，晃岩屹立挺脊梁。
万国建筑留铁证，百年屈辱记心肠。
瞻仰成功望台湾，实现统一国盛强。

野柳

台北岬湾奏碧涟，海蚀风化雕奇岩。
女王昂首赏云天，仙女脱鞋享温泉。
洋中鸟鱼竞悠闲，水上芭蕾秀蹁跹。
添桢事迹动心弦，妈祖祈福安丰圆。

花山谜窟

荡过吊桥访花山，踏尽石路探谜窟。
宫殿高深潭游鱼，柱壁坚固堂飞蝠。
采石屯兵千古迷，玄妙奇巧举世殊。
祖先智勇胜天工，继往开来迈征途。

早春昱岭好风光

早春昱岭落彩霞，梯田连绵好风光。
迎春叠边挂金瀑，油菜逐层灿黄乡。
红花纷开秀桃色，绿树间栽飘茶香。
新燕剪出艳阳天，牧歌声中入山庄。

廊坊

源远流长四千年，偏僻小村变明珠。
京山铁路兴古今，廊坊大捷载史书。
会展高新辐中外，开发兴旺带乡都。
连接京津卫星城，组团建设展宏图。

西递村

宋建明发清鼎盛，北耸黄山南盈湖。
牌楼峥嵘忆显赫，民居错落赏古朴。
临街亭阁抛绣球，悬堂楹联铭履福。
中华桃源第一村，衔接历史更远瞩。

屯溪老街

兴安江畔华山下，宋始徽人建商埠。
重镇繁华聚货物，名街热闹多店铺。
茶楼酒肆品香醇，书场墨庄学李杜。
中外游客皆赞赏，流动清明上河图。

召稼楼古镇

古代垦荒召逸民，镇起元初发明清。
四街相向酒肉香，两河交叉鸟笛鸣。
楼舍堤岸绿杨拂，小桥流水钟声萦。
海派文化申城根，江南水乡更盛兴。

七宝古镇

重镇首刹历千岁，现代围中古色稀。
明清街客喧南北，蒲汇塘舟荡东西。
七宝教寺话芳经，天香酒楼敬甘醨。
宗教城市关系谜，香火繁庶已破题。

大连滨海路

彩虹铺就一通途，玉带串起众明珠。
海天碧连鸣飞鸥，山霞辉映暖丽都。
大桥跨谷贯东西，木栈观景联今古。
小平开放战备路，促进发展增幸福。

上海红园

乐园建在卫星城，五十余载助升腾。
堆山增色赏花树，开湖组景荡舴艋。
戏游习武忆少友，赋诗作文会高朋。
最爱偕妻来探春，漫步曲径话征程。

天山雪岭云杉林

天山云杉蓬勃时，四千万年长青史。
林海银装列军阵，树琴绿键颂英姿。
新苗破土嫩枝正，古木参天主干直。
扎根岩石不动摇，向上实现栋梁志。

水杉

白垩纪时广分布，大冰期中仅存幸。
植干有骨挺刚劲，树叶无柄多柔情。
羽绿冠黄季风染，花红果橙日光凝。
生态王国活化石，旷世奇珍添灵性。

赞改革开放

解放建设奠基础，改革开放润甘霖。
自营活企强九域，包干富农惠万民。
港口吞吐四海货，丝绸联结五洲邻。
百年圆梦党领航，千秋兴华势凌云。

中国 2010 年上海世界博览会

世界瞩目浦江畔，水景绚丽烟花灿。
轴宏馆奇多惊喜，节欢展特皆称赞。
办博创造十二最，来园观摩千百万。
科技环保促融合，成功精彩又难忘。

中国援菲

台风重创菲律宾，中方速派三精锐。
方舟穿越风浪区，飞机送来医疗队。
羊水破裂接男婴，股骨粉碎复原位。
异国援灾爱无疆，救死扶伤辛也慰。

动车组和谐号

静似巨箭卧高铁，动如离弦穿疾风。
乘上日行数千里，坐着遍赏沿线春。
车中宽敞超客机，厢内舒适胜游轮。
提速顺应快节奏，促进和谐当先锋。

2013 光明·兵团食品节

十月金秋丰收日，九国美食汇中心。
创享光明新味来，感受兵团名特品。
万众舌尖多惊喜，千家餐桌齐欢欣。
生产销售树理念，生态健康为人民。

京剧

徽班秦腔成国粹，走出宫廷入民间。
生旦净丑塑人物，唱念做打演坤乾。
西皮二黄音绕梁，舞蹈武技形翩跹。
传统剧目样板戏，红遍中外谱新篇。

凤凰传奇

深圳结缘组酷火，孔雀签约成传奇。
玲花主唱声高昂，曾毅合演舞活力。
月亮之上开先河，荷塘月色创奇迹。
掀起最炫民族风，凤凰圆梦新世纪。

2014 新春文艺晚会在惠灵顿成功上演

春晚巡演惠灵顿，风都刮起中国风。
歌舞器乐真精彩，杂技魔术高水准。
欧式剧院无虚席，海外华人多心声。
五星红旗旋律起，全场打拍豪情升。

公安文艺小分队红色之旅

文艺尖兵负重任，红色圣地基层行。
歌曲舞蹈多互动，相声小品皆共鸣。
关怀民警振精神，慰问群众传真情。
同心共圆中国梦，铁壁铜墙保安宁。

乐舞合演《夜深沉》

京胡独奏夜深沉，花旦群舞春盎然。
旋促万马奔涛涛，律缓长江流潺潺。
柔移脸露月射辉，刚动身转英绽斓。
难忘今宵曲姿美，更信国粹万代传。

顾拜旦塑像落成

院庆捐塑顾拜旦，瞻仰常来大楼旁。
体育思想正传承，奥运精神永发扬。
团结友好促和平，更快更高成更强。
师生校友同努力，实现梦想斗志昂。

国庆节感悟

雨过天晴暗变明，大典开国齐欢欣。
鲜花彩旗芳艳海，乐曲礼炮美妙音。
没落王朝失根基，新生政权得民心。
每逢十一庆成立，更悟胜源鱼水亲。

孔子

三岁父逝失庇佑，随母被逐尝苦挣。
少年好习知礼仪，司寇治鲁强内政。
周游列国增阅历，首创私学成至圣。
整理典籍促文明，论语博深多信奉。

李世民

济世安民表天日，从小聪明习文武。
晋阳起兵封秦王，四方征战置官署。
玄武政变迫禅位，贞观治世奠基础。
帝范教子师圣贤，明君风流传千古。

冼英

少女挂帅镇百越，诸州奉主统岭南。
保境安民解纷争，奇袭平反斩逆党。
办学开路促发展，派史奏疏揭贪官。
巡抚各族重安定，德播海南归中央。

李白

少时博学好剑术，成年信道爱自由。
翰林侍帝赐金还，幕僚入狱遭长流。
三番娶妻育子女，屡次邀友同远游。
诗仙浪漫达极境，杰作魅力悦千秋。

杜甫

一生好学多游历，两次科举皆落选。
参军被俘安史乱，拾遗遭贬肃宗嫌。
家贫屋漏儿饿逝，船小洪大自难全。
忧国忧民作史诗，熔古铸今传经典。

孙中山

从小立志做大事，毕生实现拯救梦。
辛亥革命封建亡，国共合作北伐胜。
三民主义立共和，三联主张创新政。
天下为公民为本，希望破晓国强盛。

宋庆龄

从小留美受教育，学成离家助日新。
维护和平反侵略，投身革命捍三民。
国共合作力促成，抗战解放立功勋。
建设统一商大计，内政外交奉丹心。

鲁迅

私塾读书练描画，日本留学研文艺。
弃医挥笔改精神，为官重教支左翼。
日记奠基新文学，杂文抨击旧专制。
救亡图存民族魂，复兴中华永承继。

贺敬之

少年流亡向革命，鲁艺锤炼扬风帆。
奠基新剧白毛女，传世民歌南泥湾。
诗政统一十月颂，思情结合回延安。
领导文化破禁锢，变通古体再登攀。

林徽因

旅欧留美增学识，抗日救国萦民危。
护古奠今育桃李，创宝研座设国徽。
诗歌常驻四月天，文章倍添九州辉。
才貌双全多贡献，一代佳人永芳菲。

雷锋

苦大仇深一孤儿，翻身感恩立大志。
建设当上红旗手，参军誉为好战士。
抢险援灾献爱心，帮困助人做好事。
因公殉职英灵在，为民精神传万世。

焦裕禄

历尽苦难找到党，革命建设创佳绩。
除奸打豪炸敌军，剿匪反霸分田地。
矿厂攻关为国富，兰考治灾谋民利。
壮志未酬身先逝，精神永存正接力。

孔繁森

听党召唤离亲人，两度援藏又留任。
教育提高入学率，医疗解决大骨症。
屋脊脱贫遍调研，阿里致富倍勤奋。
民族团结与进步，鞠躬尽瘁扬高风。

陈赛娟

纺织女工当院士，温静勤奋度平生。
赴法攻博克难题，回国创业攀巅峰。
病理破解探血癌，靶向治疗胜交锋。
方案挽救千万人，率队开始新长征。

李斌

电大本科在职读，储备知识习外文。
全能技工出学徒，数控专家当工人。
研制刀具创财富，攻克泵关强支撑。
外企留聘心不动，蓝领也有中国梦。

张宝金

热爱黑土闯关东，立志改变光腚屯。
科技兴农守田头，工业立村出国门。
依托土改推旅游，丰富文体振精神。
暴风骤雨原型地，和谐富裕领路人。

李梓

参加学运反内战，越过封锁奔光明。
声厚色美学表演，译制配音臻纯青。
叶塞尼亚诠野性，英俊少年释机灵。
数百主角传魅力，二度创作堪领军。

乔榛

电影译制做贡献，演员导演当厂长。
收敛霸气克拉苏，憨厚喜感寅次郎。
配音声情入新境，解说家国挑大梁。
屡遭病磨多重生，德艺双馨再远航。

邓丽君

六龄芦洲显天赋，十岁全台得冠军。
声清艺高创辉煌，歌会唱片涤心灵。
现代乐坛开先河，各国巡演受欢迎。
主演电影舞台剧，三栖发展成巨星。

李泰祥

家贫不改终身爱，变诗为歌善跨界。
首席演奏小提琴，专业指挥交响乐。
创作民谣橄榄树，谱写电影欢颜曲。
发现齐豫育桃李，中西融合多创举。

斓曦

黄梅世家文艺兵，中戏舞台转荧屏。
贤淑惠妃沈眉庄，英武女谍左右卿。
电视影片俏佳人，话剧代言名优伶。
斑斓若曦心胸宽，认真敬业演技精。

邰丽华

两岁高烧失听力，走出悲伤强不息。
儿童学艺胜自己，少女参赛夺第一。
震撼世界俏领舞，感动中国秀英姿。
办校育才报社会，灵雀圆梦亮史诗。

姚贝娜

家教校学出优伶，海政音尚啭百灵。
青赛夺冠演金沙，乐榜至尊唱画情。
代言粉带抗乳癌，捐献角膜复眼明。
冬雨心泪悼红颜，圣洁天籁传美名。

杨云华

毕业来到福利院，乐把老人惦心间。
当代扁鹊防在先，全科医生治移前。
分层坐诊保健康，重点巡疗增愈痊。
终将平凡变不凡，竭诚服务一年年。

赞中华抗疫巾帼英雄

2020年3月8日晨，我拜读了晨崧通过微信发来的《庆〈三·八〉节赠武汉抗疫巾帼英雄》："芳姿丽影玉衣冠 / 巾帼雄风荡楚天 / 披甲辞亲平疫乱 / 倾心施爱治民安 / 沧桑正道龟蛇静 / 博德成仁碧水寒 / 且待挥师除恶尽 / 金鞍再奏凯歌还"，感触良多，遂赋此诗。

貂蝉辞亲削秀发，木兰披甲援江城。
妙手回春驱疫魔，柔肩担义护连甍。
累极倒岗梦凯旋，染重献身励兴腾。
军地天使捷传频，神州玉树香溢恒。

偕妻结伴访崇明

冒雨驱车穿隧桥，应邀结伴访瀛洲。
森林公园赏万木，寿安古寺祈千秋。
昔来锻炼赋插秧，曾赴调研论创优。
友府瓜甜滋河长，握别约聚颂金瓯。

偕妻重访杜甫草堂

夫妻各来印象深，携手重访兴更浓。
门前留影赏敬联，堂中瞻迹仰尊容。
千碑诗好书法佳，万佛楼高柱础雄。
竹间观鱼戏荷叶，购书共读晚霞红。

偕妻出席复旦世联会

2019年11月1—4日，我应复旦大学校友会的邀请，偕妻在经历了6天的渝蜀旅行后，到成都皇冠假日酒店出席“第十六届复旦大学国际校友联谊会暨高质量发展成都峰会”，与来自世界各国的近千名校友欢聚一堂，共谋祖国高质量发展大业。其间由上海援建都江堰市总指挥、上海市人大常委会原副主任薛潮带队，集体参观了震后重建的都江堰市。

暖秋芙蓉笑相迎，偕妻乘车到锦城。
复旦盛会促发展，国际校友谋飞腾。
参观沪援都江堰，振奋市崛岷川澄。
流连草堂仰诗圣，期学陆游踏蜀程。

马娇弃赛救人

四川妹子名马娇，十六始练帆船板，
十八城运得第四，二十全运传美谈。

眼睛大大眉清清，肤色黑黑立亭亭，
扎着一条马尾辫，身穿赛服俏盈盈。

大连海面风浪狂，赛手个个斗志昂，
一声令下板齐发，小马奋勇向前方。

辽宁选手郝秀梅，不慎落水腿抽筋，
眼看帆板被卷走，面对危险呼声紧。

小马毅然弃比赛，“我来救你”震海天，
舍生忘死战激流，智勇双全皆脱险。

小马彰显道德美，胜过获奖千百倍，
誉为最美运动员，破格招进国家队。

仿陈子昂《登幽州台歌》反其意而咏叹

前圣贤辈出，后伟人涌现。
数群英之风流，看中华之巨变。

抢收

月朦胧，稻田人影动。挥镰倒海如闪电，挑担移山赛愚公。喜看东方红。

插秧

日西垂，水田映斜晖。青苗撒落红霞飞，一退六插秧歌随。抬头舒笑眉。

莫干山观日台上观日出

登高望，晓日雾中戏。时掩时揭含羞态，一瞧一躲正忸怩。尽被多情迷。

百舸竞发出海口

桂花香，秋收忙，硕果累累捷报传。
百舸竞发出海口，圆梦中华扬风帆。

琴瑟谐和

夜空上，月如钩，清辉洒九州。
情歌悠扬诉相思，江水向东流。

天河隔，望穿眸，鹊桥解离愁。
琴瑟谐和庆欢聚，微风拂绿柳。

警察心声

娶妻子，恋妻子，心愿常守相聚少。
有你理解和支持，执法热情高。

爱妻子，夸妻子，事业有成家业好。
别太辛苦甭牵挂，身体最重要。

警嫂心声

爱警察，嫁警察，聚少离多我不怕。
敬老抚幼有我呐，安心工作吧。

想警察，助警察，做好事业顾好家。
捷报传来高兴啊，注意安全呀。

农场卫士之歌

别亲师，离都市，奔赴域外当卫士。
甘献青春护农场，丰收情飞扬。

米袋子，菜篮子，为了民生当卫士。
打防管控保发展，报国志高昂。

第二编　评论诗

论诗六章

一、诗体二章

格律诗

春秋是平声
夏冬是仄声
规则交替

自由诗

潮汐是节奏
波浪是韵调
自然变化

二、诗艺二章

诗魂

立意是红线
诗句是珍珠
串成项链

意境

情思是甘乳
形象是清水
水乳交融

三、诗学二章

兼收

传承是开源

借鉴是引流
汇成大海

创新

融合是开花
发展是结果
春播秋收

诗体与诗歌

写诗选诗体，诗体无贵鄙。
应时顺发展，适诗有神笔。

鲜花与花瓶

插花选花瓶，花瓶多璀玮。
不选最名贵，适花才最美。

诗评锻字、炼句与提意

锻字出诗眼，炼句得妙语。
提意升境界，目张纲高举。

诗歌

诗歌要形式，外在不偏重，关键是内容，用词不害意。
可写白话诗，贵有真情思，文字须精巧，表达宜通俗。
可赋格律诗，声韵顺发展，创造新诗体，反映新生活。
最好新风诗，上品出自然，承古时代化，鉴洋本土化。

诗歌贵境界，形神宜兼备，既有个性化，更具社会化。
创作多大我，发表重效果，弘扬真善美，增添正能量。
现实为基础，浪漫为特色，精品提修养，力作促文明。
面对快节奏，常保好心态，与诗结良缘，人生多情趣。

神奇汉语诗

寥寥数千方块字，源源不断古今诗。
排列组合无穷尽，传世佳作出真知。

莺啼序·论诗

诗歌产生远古，至今仍承继。号子简、劳动协呼，律意合为诗始。民谣起、群歌乐舞，相传促载文明史。语言生文字，韵文发展添翼。

孔定诗经，诗教兴业，载道维仁义。楚言志、汉韵散融，歌诗相成文艺。魏缘情、唐推意境，宋崇道，元求清丽。反文言，倡写新诗，旧新同势。

生存源远，维道流长，永有生命力。国运系、相承一脉，科举选拔，抗日宣传，振兴激励。民生关切，修身至宝，学诗可以人灵秀，志高昂、情飞扬成器。中华奋进，优秀文化支撑，诗歌扬善贬弊。

旧裁新体，皆富精华，创作可循秘。重节快、韵和调适。技术相符，艺术精妙，境界高致。神纲象目，形出余味，自然美趣智韵巧，聚精高、宇宙人生意。破除壁垒齐飞，圆梦途中，热情洋溢。

诗

你是眼前的芝麻开门
豁然开朗
看到一个崭新的美妙世界

你是手中的宝葫芦
点石成金
使平凡事物富有神韵更加和谐

你是想象的翅膀
驾驭时空
古今中外未来乾坤随意穿越

你是思想的光芒
聚成结晶
语言韵律意境余味化为愉悦

诗歌是幸福的使者

诗歌是青春的使者，
使我们拥有生机与活力，
就像月季常开雪松长青，
就像雏驹奋蹄劲雕振翼。

诗歌是激情的使者，
使我们富有灵感与希冀，
就像源泉喷涌大江奔腾，
就像朝阳升起晚霞绚丽。

诗歌是真诚的使者，
使我们保有真情与实意，
就像春风送暖甘霖润物，
就像皓月播辉洁雪护地。

诗歌是幸福的使者，
使我们享有快乐与甜蜜，
就像打开宝藏周游世界，
就像回到港湾牵手互励。

诗歌畅想

假如时光可以倒流和穿越，
我要围绕古为今用洋为中用，
先去拜访屈原和陆游，
把古风诗和格律诗贯通；
再去拜访李白和杜甫，
把浪漫主义和现实主义相融；
还去拜访苏轼和柳永，
把豪放和婉约皆弘；
并去拜访惠特曼和勃朗宁夫人，
把外国诗歌精华弄懂。
现在通过书本和网络，
我也能向古今中外诗人学习成功；
更要顺应时代和大众来继承发展，
勇于形成新诗风努力促进诗繁荣。

第三编　唱和诗

第一集 《黄叶》同题诗

黄叶

吾从政三十余年，任领导干部二十多载，即将卸任和退休，触景生情，赋诗明志。

别枝不恋高，乘风舞晴空。
归根沃芳泥，再育绿荫浓。

汤昭智《黄叶》：由绿而黄，回不去青春时光，/ 不由自主的落叶，/ 月色里，换一身新装。// 从春到秋，有一点匆忙，/ 由绿而黄，回不去青春时光，/ 不发一言的落叶，/ 阳光下，铺一地金黄。// 命运秀场，交替着沧桑，/ 留给世界是一份褪了色的念想；/ 远远近近，沉默是金，/ 只当是衣锦还乡。// 金黄落叶，落叶金黄，/ 可是生命的一曲绝唱？（/ 为分行，// 为分段。下同）

刘希涛《黄叶》（二首）：一、片片灿若云锦，拥抱大地母亲。本是地球鳞毛，未改回归初心。二、昨日片片金黄，回归母亲胸膛。今夜春泥有梦，初心化作霓裳。

李　本《黄叶》：层叠着不肯去 / 如衰朽的灵魂 / 还想努力地唱一支春歌 / 有时会非常幸运地 / 落在山野里 / 寂寞 / 却不会被谁扫去

管新生《黄叶》：一枚黄叶 / 跌出了梦境 / 搅碎秋水一池 / 半是无声半无影 // 飞鸟掠过 / 衔来天外云 / 云问黄叶归处 / 且听明朝春风吟

管燕草《黄叶》：那是一片没有了生命的黄叶，/ 被岁月无情地蹂躏，沾染着雨丝和风，/ 打着旋儿，舞着转儿地飘零，无声，/ 落在一柄色彩斑斓的纸伞上，含春。// 她竟窥视到了一个男生和女生的定情，/ 就在西湖边，恰是断桥柳青。/ 哦，那个许仙很年轻，/ 而她，并非是我们记忆中的白素贞。

钟惠娟《黄叶》：风是一把刀 / 雨赛过所有的箭 / 这些都可以阻挡 // 冬日里，不说话 / 在枝头 / 悲切地舞蹈 / 顶着寒流 / 笨拙地看着苍穹

於志祥《黄叶》：黄叶伤怀吗？/ 那依然挂在枝头的坚守 / 虽有些褶绉 / 但也未曾 / 让阳光失落过坦荡 // 黄叶伤怀吗？/ 尽管青翠和嫩绿不再 / 却仍然要像那红枫 / 自由骄傲地飘扬 // 黄叶伤怀吗？/ 那歌唱轮回 / 歌唱转世的绝响 / 终究成为永恒

杨瑞福《黄叶》：飘落的时候 / 黄叶纷飞的优美姿态 / 让蝴蝶极力模仿 // 敢于承认衰老 / 在一个伤感而坚持微笑的深秋 / 迎接生命的坠亡 // 泥土里依然在回忆自己 / 曾经的青涩 / 曾经阳光的热拥 // 这时，沙沙朗读起老杜的一句诗 / "无边落木萧萧下" / 送给身后赶来追悼的新春

曹小航《黄叶》：杏树黄了 / 枯枝败叶中的一缕余晖 / 他在黄历里复活了 / 穿着杏黄的袍子 / 踱步在江山的倒影中远

去 / 也想起猎猎的杏黄旗 / 不知魂归何处 // 寒冬腊月已是极限 / 别了 / 就尊贵地落下帷幕 / 做自己的君王潇洒 // 黄金化为尘土 / 受不起你的飞扬 / 像一场炫目的婚礼 / 你的誓言比红枫叶壮烈

陈晓霞《黄叶》(二首):一、卸下秋天所有重量 / 最美的黄色属于天堂 / 划过孤寂的部分 / 是一个人的思想 / 并告诉远方 / 舍得高空,放弃枝头 / 用轻于肉身的形式羽化 / 或许就是完美的自由 二、一早,她踮脚低头 / 走在石拱桥上 / 桥下的秋波让她心动 / 于是,她站在桥上 / 对着河心 画眉点唇 / 她是替代树 / 走一回俗尘 / 此刻,她知道 / 无论走到哪里 / 都会被忽视 / 她也羡慕鸟儿 / 也想天高云淡地飞翔 / 可她注定向下 / 当你发现她时 / 很有可能 / 已是满脸尘埃

秦　华《黄叶》(散文诗三章):一、《散落的心绪》:萧枝浅吟,相对的心流由然生成,散落的心绪渐渐凋零。用沉默去感悟大地的呐喊。/ 鲜活的秋色 从脉络开始,枯黄的青涩,寻到慰藉的诗篇。/ 几分清凉的月光,透过窗外的枝丫褶皱了时间。/ 执笔的心中,有一个美丽的神话伸展。二、《叶的语言》:诗意的细语婉约了文字,无法预测的香滴落笔尖。/ 黄了,黄了,草木上缓缓流淌叶的语言。/ 无论城市到乡村,无论高山大川,一缕缕相思延绵。/ 大地里住着的风骨,悠悠然。三、《一树诗意》:顺应自然。/ 时光的韵脚摇曳着平凡。/ 待到春趣盎然,风中暗语剪过一树诗意,百鸟朝凤,从容读取三千诗笺。/ 春诗春意将尽入眼底,大地阑珊。/ 抵达你重生的世界。

王舒漫《黄叶》(散文诗):短了,秋的臂膀,黄叶,淡了。每一片落下的镂空,都像眼睛。// 一只可以翻越一座

山峰，另一只用来记录岁月，山河。我曾记录过，蓝色的知更鸟飞向我的寓言，凫鹭半落绕蒹葭，记录过我青春的扉页，接下来的时光，记录，流水和生命的新绿。// 古桐三弄，妄想尽绝。我真怕看见，一叶倒影的河山，秘境的流向，以及灵魂失落在街边……哦，天！// 风吹过，黄叶“独活”。

石志坚《黄叶》(二首)：一、幼嫩 / 卷曲、舒展 / 星星点灯，簇簇丛丛 / 春风点燃希望 // 成熟 / 矫情、忧伤 / 岁月如歌，一腔悠扬 / 秋霜染尽悲壮 // 黄色，泥土熨烫的颜色 / 风雨帮忙镀光 / 一个季节 / 蓬勃到衰弱 / 一段经历 / 各自漫漫品尝　二、哪个顽皮的孩子 / 把秋天捅破 / 泻洒一片金黄 / 摇曳可爱的活泼 // 撑起一把伞 / 旋转魔幻的天幕 / 涂鸦一幅画 / 无忌的颜料乱泼 / 翻开一部童话 / 爬上牛背的山坡 // 闭上眼睛 / 全是馋诞的甜果 / 棉袄的奶香 / 梦的飞沫 // 哪家幸福的孩子 / 蘸透一身金箔 / 带回炫耀 / 带回明天的诱惑

曹剑龙《黄叶》：记得多年前 / 采来青青的树叶 / 夹入我的诗集 // 那天无意间 / 翻开书时 / 又看见这枚书签 // 时间快似白驹过隙 / 我不敢追问 / 青叶何时变成黄叶 // 我知道蜕变的轨迹 / 都会留下底色 / 这是大自然赐予的谜

崖丽娟《黄叶》：一叶知秋，落叶金黄遍地 / 静听夜的声音，寻找某种方式 / 读懂自己，为了给记忆 / 写满注释 / 我把你的影子植入心里 // 思绪缠绕相思话语 / 优美流畅的行行诗句 / 如片片黄叶轻盈飘逸 / 心空温柔无比 // 爱的风景旖旎 / 虔诚把一首首诗交给黎明 / 光阴易逝 / 爱情，是一出生命大戏……

王　岚《黄叶》：一叶翩然飘落 / 秋阳站上枝头 / 游子回身应诺 / 明春再聚相说

黄玉燕《黄叶》：你是深秋的音符，/ 在树枝上唱着收获的祝福。/ 曾经的葱绿留给了春天的画卷，/ 那么绚烂，无拘无束。/ 此刻，将生命还原成阳光的色彩，/ 带着无悔与从容，/ 给大地再上演一场最盛大的演出。

李冠琛《黄叶》：深秋黄叶飘逸 / 寻觅一枚绿意 / 那是心灵呼唤 / 愿否重回故里？

邵天骏《黄叶》：这黄颜色的落叶 / 让冷风吹得满地都是 / 在暖阳下泛着点点银光 // 一叶知“韵” / 曾经的绿不再梳妆打扮 / 很快就变成一片金黄 / 风雨在聆听它的呢喃 / 似乎要编织时间的竹筐 // 一切终进入轮回的自然 / 生机与色彩的悄然变幻 / 勾勒出曼妙的天地生命线 / 此时 黄叶翩然起舞 / 正合着季节的节拍委婉欢唱 // 一阵阵疾风袭来 / 大地又卷起了漫天树叶 / 迷蒙中忽然接连跃入亮色 / 黄 金黄 红黄的叶 / 交织成一幅美丽的图案 / 半是清晰 半是模糊 / 已经在营造未来的希望

叶振环《黄叶》：我把窗外的雪花，/ 用我剪下的秀发串起。/ 织成银色法网，围剿瘟疫。/ 于无声处，/ 任寒凝大地，/ 期待着生命换来的绿叶！// 我把飞舞的雪花，/ 用我的信念串起黄叶寄怀，/ 化作利剑，刺透魔巢，/ 牢牢掌握胜利的时间表。/ 即使倒下了，/ 也要化作一方泥土，/ 迎接风雨中飘来的黄花、落叶！// 我要把倒下的生命，/ 融入春雨织成的天网。/ 即便是死亡，/ 那战斗的乐曲依然播放！/ 把亲人的呼唤留在风雨中，/ 没有了生与死的距离。/ 任毒焰无形肆虐，/ 自有凤凰涅槃！// 劫灰满地，血沃中华。/ 江风摇曳着，/ 云开雾散后的琼枝玉叶，/ 那层层叠叠的金黄色，/ 落地有声，/ 面朝星空，/ 依然在歌唱！// 有人说，/ 凋零的落叶最可怜，/ 我却认为落叶的葬礼最悲壮，/ 它在创造过春天后才掉下来了，/ 然后把自己化为沃土，变成新的力量。// 你看，/ 新生的叶片总是嫩黄色的，/ 那黄色正是黄叶的余光，/ 从这里，/ 我又明白了一个道理，/ 一片落叶也有着永恒的倔强。

龙孝祥《黄叶》：以金子般的光泽 / 演绎了层林尽染的辉煌 / 高贵、圆满、神圣，华盖间 / 游移着闪烁不定的词 // 成熟、玄同、超俗 / 飘荡在恒久与不在之间 / 落木萧萧中，一种谢绝 / 之美，斑斓了世界博物馆 // 烟雨华年，阡陌变换 / 曾经的懵懂、激情、/ 懂得、真意，幻化为支离 / 破碎的镜像，闪烁尘世 // 季节的眼眶内 / 酸甜、苦辣，离合 / 悲欢，纷纭世事 / 敲击着心思的密度 // 寒流任性的切面，蜕去 / 烫金的装饰，以鹰的姿势 / 陨落！由此穿越——万物 / 三生，密码 无可猜测

蒋荣贵《黄叶》：黄叶，不是无情物。/ 银杏用自己的生命铺路，/ 一道金黄色绮丽，/ 曲径通幽地连接着：/ 文朋诗友的心桥。/ 通达一带一路！

吴小欢《黄叶》：黄叶飘落 / 是霜秋的落幕礼 / 黄叶入地 / 是新春的开锣戏

赵进一《黄叶》：映红花，/ 硕果实，/ 你是默默的衬托者；/ 造养料，/ 畅呼吸，/ 你是大树的生命线。// 从嫩绿到翠绿，/ 你装点了春天；/ 从翠绿到深绿，/ 你繁荣了夏天；/ 从深

绿到金黄，/ 你靓丽到最后。// 告别曾经的鲜艳，/ 你选择功成身退；/ 驾秋风回归大地，/ 经历生命的轮回。/ 与泥土融为一体，/ 化作春泥再护花。

陆　飘《黄叶》：昨天还是风情千种万种 / 今天怎么是人老珠黄了呢？// 从树梢头 / 到零落成泥 / 只在一夜 / 之间

刘　瑛《黄叶》：带着这一生的荣耀 / 寂寞地归返 // 冬天延绵了好一阵子 / 二月风才刚带来些春的气息 / 众生便又开始了喧哗 / 浓烈的炎夏轰轰隆隆不肯罢休 / 秋意终是剥了满树最后一层绿衫 / 金色荡漾林间田野 / 孩子们打着饱嗝儿熟睡在麦垛上 / 冷月悄悄吐出一丝寒意 // 再一次地 / 重温那些繁华或琐碎 / 它随风翻了个身 / 凋零那么久之后 / 仍记得翩跹吗 // 这婉柔的刹那 / 击中了读书人的心 / 此刻他正翻开一页南唐诗文

梁　刚《黄叶》：梧桐叶，在街上流浪 / 悠闲的脚步，琐碎而沉寂 / 裸露的身体，坦然而平静 / 卷曲的昨天，翻过青涩 / 翻过，成长的每个细节 // 知闰、知秋、知规律 / 任季风刷屏，随秋雨点击 / 城市的沉浮与经历，最终 / 都挂在梧桐蛋里 / 仿佛一部小说 / 时不时掉下来 / 将记忆，砸醒 // 悬挂的故事，听着听着，就黄了 / 掉到头上，就读懂了宿命 / 就到了，化解恩怨的年龄

陈曼英《黄叶》：当风吹起深秋的号角 / 黄叶积集飘飞 / 我遇见了那次银杏雨 / 借风势借无畏之胆 / 义无反顾地飘落 / 小径上只有我 / 一个瘦弱的妇人 / 还有一位严肃壮实的保安 / 我们同时拿出手机 / 录像 / 那位保安是否会 / 想起村前的泡桐树紫色的 / 花朵和七岁的女儿 / 我想起的是银杏的

金色 / 有黄鹤飞霄的刚毅 / 有夕阳的晕晖和涅槃之勇 // 当春风吹起四月的长笛 / 我遇见了樱花雨 / 粉色白色柔嫩的吻 / 我可以在树下轻甩水袖 / 遇见母亲若隐若显的面容 // 樱花雨是母性的 / 黄叶雨是父性的 / 他们交缠旋舞 / 然后又有了青枝翠叶 / 然后又有了黄叶飘飞 / 他们说 / 大地是爱的葬地 / 疼痛之后静待轮回

金　瑜《黄叶》(三首)：一、院内有棵银杏树 / 塔尖的树梢刺入云霄 / 这座绿色教堂 / 令我顿感渺小 // 教堂外墙黄了 / 在飘落昨天时 / 我弯腰捡起 / 一片唐朝的羽毛 // 这是绿芽 / 为金黄的梦想 / 折断的翅膀　二、时间已到 / 就脱下一片片金黄 / 和一切美丽的招摇 // 在黄叶和秋风惜别时 / 满地旋转飘泊的 / 是百年颓唐和忧伤？ // 哈，不过几片虚荣罢了 / 弃之如履。而伤痂 / 是新绿爆芽的地方 // 期待地老天荒啊 / 明年的遮天绿叶 / 为欢腾的鸟鸣鼓掌！ // 我用春风修理自己 / 再衣冠楚楚 / 在原地等你　三、冬天的风来了 / 你以壮士断腕的勇气 / 在最成熟辉煌时 / 舍弃。回归大地 // 于是我的生命里 / 铺满金黄的遐想 / 而最后飘落的 / 是轻如羽毛的敬意 // 赤裸的伟岸啊 / 翅膀用最后的飞翔 / 覆盖深情的温柔 / 亲吻强大缠绵的根

沈世坤《黄叶》：经历了深秋的一场大雨 / 我不再倔强，我把内心的那点绿意褪尽 / 我要接受属于我的命运 / 但我执着于一片金黄 // 我也已经准备好了飘落 / 我要在一个夕阳西下的黄昏，最好有一个断肠人 / 看着我，阳光在我的黄色身上又涂抹了一层黄 // 这是一场隆重的告别，没有哀伤，只是返乡

顾耀佐《黄叶》(二首)：一、当银杏 / 染成了一片金黄 /

又随着秋风 / 起舞簌簌飘落 / 便幻化出你 / 生命里的 / 又一道风景线　二、唉 / 当你秋日里 / 留恋枝头 / 面黄而憔悴 / 何必非要等到 / 寒风凛冽中 / 好不情愿 / 瑟瑟地飘零呢

赵　靓《黄叶》（二首）：一、山顶上寺院里的 / 一口古井与银杏 / 是一对儿亲密的发小 / 看惯了四季与游客 // 整个夏天 / 茂盛的绿叶 / 忍受四面八方的炙烤 // 在寒流的打压下 / 依然保持优雅 / 修炼成金质的骨骼 / 给陈旧的土地穿上盛装 / 如民间无名的老艺人 / 惯于沉默 // 红衣汉服女子踏进寺门 / 身影印在黄叶上 // 她知道这些屈身之物 / 将铸就佛的身体 / 温暖急于报春的海棠　二、落黄满地因时序，何必因之郁寡欢。自古英雄多傲骨，虚心证道岂忧寒。

陆　涵《黄叶》：时光的影 / 沿着叶脉流淌 / 从娇羞的嫩红 / 到青涩的从容 // 油油的绿意下 / 是斑驳的光 / 镀过挺直地蜷曲 / 直至熬出一点 / 知秋的黄

周丽琼《黄叶》：当你在黄昏凝伫的静默中 / 诘问自己的前路 / 多愁善感的，像艳色未浓的犹香之花 / 盛前已衰，拿血肉之躯去匹敌 / 栩栩如生的壁画 / 你只需等待，不是别的，而只是 / 学过去的自己，从绿到黄的渐变里 / 触悟生命的重量

黄唯君《黄叶》：给那年的秋天写封信吧 / 就写银杏的落叶铺叠 / 野风来到巷子口 / 有一双飞鸟站在电线杆上 / 转过头去 看各自的远方 // 再写一段构图吧 / 细沙一样的云横在紫红色的太阳边上 / 地上的草成了叶落时的家 // 最后一段写给你吧 / 那些走了很久的路 / 是不是还穿着同一双鞋 / 那些走了很长的时间 / 是经历的过程还是过去 // 如果你没有办

法回答 / 就别上那枚暖黄色的叶子 / 把它们 / 一一寄回给我

许国江《黄叶》(二首)：一、深秋，那条依傍引江的大道，/ 变成了一条金色的长廊。/ 那是路的两旁银杏树的黄叶，/ 装点了无边秋色，/ 一扫晚秋的萧瑟与荒凉。/ 黄金大道上游人如潮，/ 观赏，拍照，摄像。/ 如柳絮追逐春风，/ 胜过春日花间蝶舞蜂唱。/ 一片片被秋风浸润的黄叶，/ 何以能引起人的钟情甚至发狂。/ 或许是因为它出现在万花纷谢之后，/ 将人们的眼睛点亮。/ 或许它那金色的光芒，/ 触及到人的潜意识中的 / 那种对金子的崇拜与景仰。/ 我也爱银杏树的黄叶，/ 爱它把一生中最美丽的色彩，/ 在生命的终点上铺陈，绽放！二、被秋风任意翻卷，/ 在迷茫中零落地面。/ 原本是一片片凋零的黄叶，/ 一时间，却被人当作黄金一样赞美。/ 落叶何以能归根？/ 风里，雨里，/ 漂泊成狼藉一片。/ 远离了世俗热闹的目光，/ 默默地完成生命的嬗变。/ 融入大地化作泥，/ 悄悄地 回报春晖。

陈思同《黄叶》：有人说 / 黄叶子的方向是大地 / 有人说 / 黄叶子的方向是天空 / 叶子说 / 我的方向是树 // 每一片叶子里 / 都已蕴涵着一整棵树 / 那叶柄就是树干 / 那叶脉就是枝柯 / 那树就是 / 叶子从小待大的家 / 叶子里有树的影子 / 叶子里有树的灵魂 // 叶子拼命地向树根奔去 / 那是一种争，与果子的争 / 叶子的痴情 / 在于来年 / 她渴望自己的梦 / 会发出绿芽

韦江荷《黄叶》：上海诗人启明给了我一个题目 / 同题黄叶诗篇，我知道他是警察 / 尽管我不是罪犯，心却在战栗 // 黄叶是什么，绿叶的延续 / 从春天开始，热闹的场景微颤于心 / 活着悲喜交加，死亡被人忽略 / 我想起父亲，多少

次快乐一闪 / 在不经意中，他便从一棵大树上 / 飘零。没听一声叹息，一飘无影 // 夜的浓幕一层一层，神赐以梦，酒 / 我与他对坐，对饮，如此轻度迷离 / 一箩筐的絮语倒不完 / 最后才是哭泣和惊醒 // 感谢启明，让我看到墙上的一枚黄叶 / 多少年了，风从不敢提醒我的脆弱 / 一棵树似乎还在呼吸，形象完整 / 清明的雨在淅沥，觅不见虚无的 / 黄叶。伫立。任凭雨丝浸湿脸颊

吴振兴《黄叶》：黄叶飘飘洒落街面，/ 描绘出一幅幅多彩画卷，/ 纵然生命枯萎了，/ 也要把最美的色彩留在人间！

贾　彦《黄叶》：晚霞点燃羞怯的焰火 / 这个世界，它们不知道 / 把自己的身体借给了谁 / 可能是一只飞翔的麻雀 / 那么多的光阴涌入漂泊的躯体 / 却在猜测整个世界的方向 // 今天，秋风迅捷地舞蹈 / 交织着万物的秘密和希望 / 沉默的光融化灼热的眼睛 / 所有的幸福全部涌来 / 给流逝的星群带来寂静的安慰 // 不必苦苦追问茫然夜色 / 每一片树叶都是灿烂的翅膀 / 在风暴的低语中倾诉 / 呵，月亮仿佛玫瑰的伴侣 / 逝去的魂灵再次回归 / 在金黄色的梦境中 / 等待飞鸟掠过无垠的天际

陈佩君《黄叶》（二首）：一、听到了秋叶的飘落 / 却不敢接近 / 怕自己的影子 / 压碎它们 连同斜阳一起 // 抓把日头的余晖 / 藏在怀里，不让人看见 / 背后，蹒跚的步履声 / 越来越安静 // 父亲掌心上的一枚落叶 / 静静地躺在布满皱纹的掌上 / 也许 慈爱的眼神能熨平 / 秋叶上皱褶的岁月 // 时光在流失 / 父亲体内的钙质在流失 / 背驼 眼花 耳聋 / 黄昏下的我 黯然神伤 // 灯光渐渐消瘦 / 躺在夜深的床上聆听 / 窗外秋叶的飘落 / 由近到远…… 二、一片落叶悄然飘进我

的坤包里 / 我突然敏觉 / 出门时忘记合上坤包的拉链 / 熟悉的街沿陌生的人群 / 落叶成为坤包的不速之客 / 想必坤包有消耗不尽的魅力 / 想必落叶遭遇到了道不尽的困惑 / 而我却似乎成为不起眼的陪衬 // 是否一种巧合 / 一片叶子从青绿到枯黄 / 辉煌了整整两个季节 / 而过程中的变化又有谁 / 去细细地体察 / 或许落叶更是对坤包一种依赖 / 毕竟，被人任意贱踏 / 落下伤痕累累后的孤独 / 总要有一种载体去承受接纳 / 此时此刻的坤包 / 显出了一种宽容大度的气质 // 尽管我忘记合上这根小小的拉链 / 尽管浮躁的思绪繁复的琐事 / 让我有健忘的理由 / 但是，我还是愿意看见这枚落叶 / 静静地感受着我坤包的安全……

宋文静《黄叶》：我从来不曾想过 / 当我老的时候会是什么颜色 / 也会不会重得迈不开步子 / 我只想 风一吹 / 就使劲地爬 使劲地飞 // 飞到那年秋天 / 我还很轻 风一吹 / 就会哈哈大笑 / 我还很松 踩一脚 / 只会沙沙作响 // 后来 不知何时 / 浑身沾满薄薄的尘土 / 风一吹 / 阳光刺眼 草木皆兵 / 但凡孤独的夜晚 / 才能数清肮脏的纹路 // 此时 / 我已被厚厚的尘土掩盖 / 风一吹 / 我就急急地奔向树根

王淑霞《黄叶》(二首)：一、一枚黄叶遮住秋天 / 打扮成黄蝴蝶跳下枝头 / 无论向哪里飞都是大地的方向 / 催促我 / 无论从哪里走都是回家的路 // 起身，借一粒尘渡我 / 你化作春泥 // 秋月在眉间升起 / 你可在我发间筑巢 // 露珠踩空幽谷 / 花香被鸟鸣啄破 // 月亮是故乡 / 踩在落叶上沙沙作响 // 枯枝写满禅意 / 每一眼都薄凉 // 此时，你道别的样子静美 / 风一来就落黄金泪 // 沿着你掌心的细径 / 找回枝丫间的空巢 / 在雪花赶来的路上 / 修补古老的情话 二、黄叶别枝舞，明月汲清泉。白露听空山，清影孤声远。

严　寒《黄叶》(二首)：一、一株年轻的黄果树 / 看上去却沧桑 / 因为它生长在街道旁 / 饱经风霜 / 听惯了尘喧 // 悠然间 / 散落一地的黄叶 / 引起了我的好奇心 / 凋零在春天 / 我不信了东风 // 敬畏着抬起头 / 目光惊艳间 / 互相生的黄叶、绿叶 / 是那么和谐，那么动人 / 像是开满了静美的花朵 // 低头叹 / 雨后积水的地面 / 又一抹春秋在镜 / 绝妙景色深深吸引我 / 意犹未尽的眼青影如凝 / 勾勒出枝叶每一片都充满生机 // 水珠打破镜子 / 泛起涟漪 / 仿佛时光将要倒流 / 黄果树 / 不属于季节 / 不属于昼夜 / 在冬天长出新芽 / 在春天飘飞 // 黄叶 / 在夏天零落一地 / 花瓣在秋天高傲地摇曳 / 绿叶夕阳再美 / 美不过它的影 / 那是精灵守护的纯洁

二、你看秋天的黄叶 / 你看那些挺拔的大树 / 告别了曾经的鲜艳 / 在艳丽而短暂的生命里 / 在秋风中漫天飞舞 / 怀着对季节的眷恋 / 无悔地把仅有的美丽 / 依依不舍地零落成泥 / 告别了那份欲滴的绿意 // 踏着满地金黄的落叶 / 沐浴着清爽的风 / 单薄的衣衫随风摆动 / 看秋日夕阳染归翅 / 听牧童短笛竖飞声 / 品蛐蛐在秋夜里吟唱 / 赏明月在碧空中洒银辉 / 迈步在秋天的原野 / 听小溪涓涓流淌 / 感受秋风凉爽 / 黄叶拂起秋之美丽 / 在秋风里飞舞飘洒 // 秋天的黄叶 / 有宽大的梧桐树叶 / 有金针似的松叶 / 也有窄小的杉树叶 / 地上像铺了一层 / 厚厚的金黄色地毯 / 踩在上面软软绵绵 / 总是那么的惬意 // 黄叶飘向冥冥世界 / 归于沉寂 / 没有什么力量 / 可以挽回一片落叶 / 让它重回枝头 / 鲜绿如初 / 这是一种流逝 / 一段自然 / 人生亦是如此 / 最终飘落成泥

董妮亚《黄叶》(二首)：一、在飘雨的日子里 / 我走进了森林 / 遇见树梢上那一片片闪耀的金黄叶 / 闻着芬芳 / 摇曳起我蓝色的渴望 / 我渴望 / 时间划过岁月的额头 / 是否可以停留 / 我渴望 / 变幻的季节 / 从此成为永恒 / 任我尽情触摸

/ 触摸这多情的金黄色的诗意 / 远方吹来一阵阵冷风 / 掠走了晶莹的雨露 / 摧毁了我曾经的绮梦 / 树梢上那片片黄叶啊 / 在风中战栗 / 慢慢地枯萎 / 枯萎地褪了色 / 褪了色的那一片片黄叶 / 飘落 飘落 / 飘落中 / 弥留芬芳 二、这一年的秋色 / 悄悄地浓墨了树梢 / 渐渐地绚烂了我的窗 / 透过树枝间斑驳光影 / 我看见那一片片闪耀的金黄叶 / 微风拂过摇曳起舞 / 恰似迷人的姑娘 / 迷乱了我善感的情怀 / 远方吹来一阵阵冷风 / 掠走了晶莹的露珠 / 摧毁了蓝色的绮梦 / 树梢上那一片片金黄叶啊 / 在风中战粟 / 慢慢地枯萎 / 枯萎地褪了色 / 褪了色的那一片片金黄叶 / 飘落 飘落 / 飘落中 / 弥留芬芳

闫 秀《黄叶》：如此清清冷冷的天气 / 正符合我的心意 / 晚秋 / 驱车去一个不知名的地方 / 在树木浓郁的山腰某处 / 停车 / 我摘掉高跟鞋 / 光脚踏过凌乱石子 / 清风路过我的头发 / 我的脸 // 眼前这大山啊 / 不过是地球上的一座 / 坟墓 / 指尖的黄叶一片一片 / 也老了 / 当年 有风路过 / 曾经热烈地亲吻她 / 离去时 / 在她的身体上 / 用指纹写满了诗

刘博宇《黄叶》（二首）：一、河西，/ 枯木伴石栖。/ 形影枝下卧虬低。/ 刹风起，/ 疾！// 依稀，/ 绿袄嫁翠衣。/ 曾染千尺画春泥。/ 如梦里，/ 迷。二、秋联咏不动，雪阕唱空台。只待燕翎语，二月方苏来。

金月明《黄叶》：寒风让大树脱去所有的虚饰 / 袒露最后的本真 // 剩下最后一批枯叶 / 还在体枝内苟延残喘 // 几根瘦骨 / 猖狂了寒冬的骄横 // 预谋垄断夜色里的寒冷 / 与寒星一起卷缩而行 // 已经冻得发抖的枝干 / 终于听到飘落的哭声

黄佰乾《黄叶》：有道是 / 哪里黄土不埋人 // 为何 / 年复一年 / 你总要落叶归根

阮德章《黄叶》：我只是那丛林中的一片树叶 / 任谁也没有在意 // 但我奉献出生命的所有翠绿 / 为了春天和夏天 / 世间的美丽 // 于是在今天 / 既然秋风给我披上了金色的舞衣 / 那还犹豫什么 / 舞起来吧 / 翩然飘起 // 依然是为了 / 世间的美丽

曹爱红《黄叶》：这算是告别吗？/ 在离开的瞬间，/ 我给了你一个最后的姿势，/ 风，成全了我的优雅。// 我走了，/ 面对四季，/ 我没有遗憾。/ 感恩雨露阳光，/ 感恩人们的一道道目光。// 我走了，/ 如果有谁能与我再次相遇，/ 那一定是我的来生……

原　因《黄叶》：陪着你——/ 走过了风雨的四季 / 看着你——/ 褪去了撩人的青衣 / 回忆你——/ 一路走来的不易 /……// 春的暖阳，呵护你 / 吐出嫩绿的芽 / 夏的火热，护佑你 / 蓬勃着生命的坚强 / 秋的凉爽，携手你 / 迎接成熟的浓香 / 冬的劲风，吹拂你 / 满地的落叶沙沙响 // 望着——/ 眼前满目的金黄 / 想起——/ 当时满树的翠绿 / 黄叶——/ 是今天朴素的你 / 足迹——/ 是你走过的四季

李　莉《黄叶》：一袭黄衫，守着寸心 / 飘落，不只是伤悲 / 离别，是为了下一个轮回 // 绝决时，把阳光留在身后 / 用卑微成就着树的伟岸 / 虔诚得没有半点犹豫 // 赴约的情书就挂在树梢上 / 只等春踮起脚的一个亲吻

姜　威《黄叶》：日暮，秋风，/ 黄叶飘零……/ 轻轻拾起

一叶，/ 遮住我落寞的眼睛。// 啊！叶啊！/ 这将枯的叶啊！/ 阳光里，/ 金黄浓重，/ 丝丝叶脉 / 勾勒出小树的剪影！/ 那是童年的记忆吧，/ 深藏于心的青春颜容。// 忆起 / 春光里的蜂飞蝶舞，/ 大片大片的绿啊，/ 映衬着杏白桃红……// 忆起 / 南风中的鸟吟蝉鸣，/ 青翠欲滴的绿荫啊，/ 送来瓜果的甘甜香浓……// 而今，/ 绿荫落幕，/ 百花凋零。/ 漫山黄叶啊，/ 描绘出一幅繁花似锦；/ 天边，/ 一抹绚烂的夕阳红！// 日暮，秋风，/ 黄叶飘零……/ 轻轻拾起一叶，/ 拾起 / 一个不老的青春梦。

王永银《黄叶》：承载四季的阳光 / 从青到黄 / 时刻准备 / 释放自己的梦想 // 你们站在树枝的四面八方 / 一声不响 / 风来了 / 一起同声欢唱

顾之敏《黄叶》：为何 / 我要离开你的怀抱 / 只因 / 我已实在太老太老 / 记住 / 无效抢救都不需要 / 轮回 / 生命规律自然公道

赵慧珠《黄叶》：也许你总是留恋远去的色彩 / 也许你总是忆起繁茂的树林 / 那娇美的绿色 / 绽放你生命的魅力 / 那流逝的光阴 / 印下难以抹去的记忆 / 其实 / 你只是不再以绿叶使人陶醉 / 你只是不再依附枝干而生存 / 你随风飘零 / 回归了大地 / 亲吻着泥土的芳香 / 那枯黄的颜色 / 是岁月沧桑的积淀 / 那坚挺的叶片 / 是孤傲自信的凄美 / 哦，你没有枯，没有死 / 只是转化了生命的形式 / 当风雨再次吹打 / 你将化为泥土 / 孕育出新的绿叶

侯　莹《黄叶》：犹如枯蝶般翩翩 / 那是告白信使的旋舞 / 也是夏日清荷不舍的芬芳 / 更是银妆冬韵爱的呼唤 / 纷飞

飘扬 / 风的舞步捎来春的盎然

瞿　冰《黄叶》：你是一片诗叶优美地坠落平凡 / 演绎神密的空间 / 苏醒了小草的梦幻 // 你是一段乐章 / 有鸟儿的鸣唱 / 有摇曳的森林和弦 / 从远古流向未来 // 你是一汪深情 / 与树每一秒时间相恋 / 也化为一片净土 / 繁衍生生不息的诗篇

箫　鸣《黄叶》：从枝头飘落的时候 / 目光也在飘落 // 由嫩绿而苍黄 / 是谁在演绎春秋 // 落叶之别，一道美丽的弧线 / 是生命成熟后的自觉 // 我们都将返回大地 / 回归尘埃、回归内心深处 // 盘坐在一棵大树下 / 与一片落叶晤谈 // 我听见了故乡的呼唤 / 感到时光的分量

苦　艾《黄叶》：让出枝头那个位置 / 用舞的方式抒情 // 绿色老去　黄成风景 / 演绎一幕春秋 // 舞姿不如芭蕾　一切随风 / 灵性在枯中动 // 最终还是舞进土地深处 / 回报 根曾经的恩 // 此刻 该写首小诗 / 晤谈心境 // 我忽听到有箫音鸣秋 / 叹黄叶在时光里的凝重

蔡兆良《黄叶》：风吹黄叶 / 点点浊泪 / 枝条 / 向上翘起飞翔的龙脊 / 拒绝呜咽 / 根脉勃向冻土深处 // 裸树 / 伸出虬枝 / 一手手 / 在冰雪狂虐的冬夜 / 蘸着深深的赭色 / 和泪 / 一笔一笔地描绘 / 来春的樱红　柳绿……

田爱平《黄叶》：黄树叶挂在枝头 / 无风的时候安静如初 / 一场修行就要落下帷幕 // 一树繁华悉数落去 / 她做最后的告别 / 没有什么可以忧伤 / 绚烂至极，归于平淡 / 一切都是最好的安排 // 大雁回到南方，黄叶亲吻大地 / 都是开始新

的旅程

姚连妹《黄叶》：裹着温暖的光/静静撒满大地/散发着金子般的光芒/大地/敞开宽广的胸膛/深情地拥秋入怀/仿佛久违的恋人/享受着重逢的欢娱/……/落叶缤纷/色彩绚丽/梦幻般的童话世界/浪漫得使人沉醉/……/这就是我曾梦她千回/俄罗斯的秋色/美得淋漓尽致/美得令人窒息/……

蔡佳雯《黄叶》：金黄的，是结出硕果/枯黄的，是衰老凋零/小小叶片承受这偌大的悲喜交集/支撑不住这份生命的重量了/随风一起舞蹈 然后/一切归于沉寂/好的坏的，一切都再见

王喜根《黄叶》：你是美丽黄鹂/你是金色精灵/舞动起华尔兹/亲吻大地母亲

周守贵《黄叶》：鹰眼疾，草枯黄，策马蓝天白云。/不见牛羊，不见当初执鞭的/姑娘，——在那辽阔的边疆。//历冰寒，度春光，三夏麦田守望。/片片金黄，护佑粒粒饱满/相别：田头，打谷场。//瓜果香，稻谷黄，秋收至上。/离开母体的，还有果实，纷纷。/有的回到故乡，有的去了远方。//秋风紧，流水急，鬓如霜。/落，从从容容，含笑刑场。/守，忠诚卫士，最后一岗。

俞娜华《黄叶》(二首)：一、我是：/你看不见的宇宙，/每片黄叶，/是生命的轮回。/只要是生命，/都是我的家族。/今年我是黄叶，/明年我是春花，/有道色彩是风景，/黄叶金色季，/不少鸟儿飞！二、黄叶总未老，四季难离它。

有道枝叶绿，有道树根壮。人人在品诗，我诗道中行，沉道诗中醉，执笔乃使命，黄叶是风景！

潘培坤《黄叶》（八首）：一、飘落满园黄，深秋慰碧空。绿树知来日，缘由尔情浓。二、海阔与天高，黄绿任时空。友谊天长久，天荒地老浓。三、方别书画稿，又迎诗星空。诗书画一体，雅趣不胜浓！四、叶黄知秋高，凯歌响太空。着地神十一，返回意更浓。五、饮茶叶正黄，品诗望星空。遥知丰收日，耕耘细雨浓！六、黄菊金秋叶，凝香四野空。万物循天道，千姿闻艳浓。七、我曾是母亲的宠儿，穿着慈母缝制的绿衣，沐浴着宇宙第一缕晨曦，呼吸着清新的空气，吮吸着母亲的乳汁，骄傲地在春风中摇曳……眼前，大地在呼唤，深秋在装点，丰收在招手，我已长成出嫁的年纪。秋风为我送行，母亲对我叮咛，黄儿，你要离母远去，娘亲那般依依；鸟儿为我歌唱，一路护送惜别；秋虫陪我起驾，一路喳喳叽叽。我纵身一跃，随风起舞纷飞；我要回归故乡，为人间收获报喜；为枫红先行洗礼；为金菊鸣锣开道；为春天传递信息。感恩是我的本意，回归是我的初心，知足是我的美德……虽然我已不能为世界装点，但我仍可化为基肥，为骄傲的母亲献出我的点点滴滴。别了，我的母亲；敬礼，我的大地。八、夜色朦胧，秋月旖旎，万家灯火如白霓，小苑幽幽静谧谧；耕耘劳作欲休憩。秋风阵阵，黄叶纷飞，恰如夜空飞来数支神笔；你把黑色的小院，涂添了金色满地；仿佛为夜归的朋友，订制了一层轻柔的彩衣。你是那般深情厚意，在碧绿的草地上，又抹上了一道金黄的脸皮，于是黄绿相间，远看，犹如芳草刹那间长出了无数花蕾，那样多彩绚丽。你是那般精心仔细，连停泊在小区里的坐骑，你也那么在意，在坐骑的顶上，为它涂绘了一顶金色的皇冠，倾刻，坐骑被装点得更加神气……多少人为你叹惜，许些是怜悯你秋时，失去了你昔日的绚丽；抑或是感叹你的来临，预警严寒的袭击；抑或婉惜你的境遇，因为你将成为护花的基泥……但你一点没有脾气，依旧那般金光闪闪，神采奕奕，用你的真情善意，一如既往，挥洒着神奇的彩笔，为收获的季节增辉，为盎然的春天伏笔，为灿烂的大地着色，为温暖的人间写意！——啊，黄叶，璀璨无比的神奇彩笔！

张春新《黄叶》（四首）：一、离枝疏长空，叶黄归自然。化泥更护花，生命再循环。二、别枝情依依，树根细叮咛。莫忘雨露恩，入冬甘作泥。三、枝头黄叶飘，秋空展旖旎。一生显辉煌，晚景更美丽。四、深秋里多情的阳光/将经霜的森林尽染/枝头上成熟的片片树叶/枫红绛紫浅白金黄//经过春天的雨露滋润/迈过夏天的拔节灌浆/面临无法回避的时刻/落叶在美丽地旋转飘降//无须对枝干分手的缠绵细语/更无与树根辞别的豪壮呐喊/回归大地温暖的怀抱/安享生命的平静与自然//曾经有过培育果实的创痛/也曾有过茁壮成长的辉煌/不需再去拥堵生存的天空/落英缤纷中映现出晚霞的绚丽璀灿

陈敬标《黄叶》（二首）：一、青袍染靓黄，应季布秋章。莫弃飘零客，同舟共夕阳。二、回家/依偎在母亲胸襟/梦中/听到花开的声音/春雨/是我感恩的泪水/硕果/是我不变的初心/今年冬季啊/我有了夸父的魂/精卫的灵/用女娲赋予的智勇/火中煅烧雷中淬炼/把恶魔再次封印/我飞向不老南山/映着彩虹永不凋零

刘宋学《黄叶》（三首）：一、春来苔自露，秋收叶已枯。

居高观苍穹，云散日如初。二、离枝常反思，风来便起舞。飘游百万里，踏遍天涯路。三、一片黄叶缓缓飘落 / 悄悄地砸在地上 / 震动地球 / 瞬间 / 树上的黄叶纷纷离手 // 飘落的黄叶 / 静静地躺着 / 躺着……// 谁也无法计算 / 它被踩过的痕迹 / 吹过的风 // 踩在飘落的黄叶上 / 如同踏上一个台阶

姜玉峰《五绝 · 黄叶》：风霜无所惧，修炼著缁黄。装点金秋色，寻吟满锦囊。

胡金全《五绝 · 黄叶》：四季轮回转，憔悴又上颜。心持尘土愿，不必自哀怜！

宋海年《五绝 · 黄叶》：银杏叶初黄，凭风日染浓。应念两相望，千年一梦同。

黄　胜《五绝 · 黄叶》：玉露凋伤处，蝉声渐咽天。应知身后事，沃落换新颜。

柯峥秀《五绝 · 黄叶》：西风吹暮雨，叶落槿篱东。瑟瑟拥浮梦，流年掷昊穹。

陈剑萍《五绝 · 黄叶》：萧飒秋风起，空中旋转飞。离枝心欲碎，只愿盼回归。

蔡国华《五绝 · 黄叶》：黄叶遇秋风，萧萧下树丛。飘零随处舞，待静与泥融。

刘德田《五绝 · 黄叶》：高天欲立枝，怎奈体衰迟。屈意

随风去，归根益本滋。

张祚勋《五绝·黄叶》（二首）：一、万物兴盈绿，一生甘衬红。经霜不迟暮，心素逸苍穹。二、汲世繁枝露，吟风万里秋。霜寒了然里，沃土复何求。

陈晶龙《五绝·黄叶》：曾经繁绿梦，天幕翠遮空。今作腴泥尘，翌年春色送。

李亚飞《五绝·黄叶》：绿叶出花丛，虬枝接碧空。秋黄归大地，蓄意待春风。

瞿　若《黄叶》：漫步林荫路，春意昂扬舒。一阵微风动，叶落散如雨。// 抬头放眼去，心中生疑雾。老叶欣离去，新生绿芽吐。// 落地化为土，新叶碧满树。大地嬉笑语。

陈冠宁《黄叶》：秋深寒意浓，黄叶铺尘间。冬去春姑临，绿装换新艳。

严国基《黄叶》：黄叶助秋咏，夕阳映天红。人生勤笔耕，晚年可诗涌。

王　群《黄叶》：莫羡竹长翠，不为落叶悲。喜看丹树艳，静待雪中梅。

葛乃福《黄叶》：风至辨春秋，叶脉岂久留？人生循四季，转眼显白头。

田凤兰《黄叶》（二首）：一、霞柔清露紫，叶落带枯黄。

云送寒鸦远，秋风随月长。二、飘落叶归根，含香入土深。霜欺冰雪后，春至绿成荫。

沈裕慎《黄叶》：春来草未绿，秋到叶自落。人生几度春，光阴总蹉跎？

朱珊珊《黄叶》：柔草伸细手，轻巧拥抱秋。送友归泥土，春来绿满头。

余志成《黄叶》：叶黄知已秋，风寒扫闲愁。冬至寄情深，无眠迎腊柳。

陆　新《黄叶》：青春助花红，盛夏绿荫浓。夕阳知恩宠，伴君舞秋冬。

钱钧华《黄叶》：他枝不攀高，独自迎风舞。栖息芳泥地，来年育新苗。

吉雅泰《黄叶》：日子已泛黄，绿脉成绝响。离枝化春泥，生命又绽放。

裘新民《黄叶》：西风又寥阔，秋色满乾穹。三径无须扫，落叶似花丛。

陈柏有《黄叶》：释氧不言功，转光成实饔。飘空映彩霞，暂别绿荫浓。

朱超群《黄叶》：新枝绿遍春，旺盛到秋天。黄叶满地飞，硕果累累添。他日化成泥，护作树上芽。四季一轮回，来年再奉献。

李必新《黄叶》：悲秋别虬枝，凝翠化昏黄。甘愿赴浊泥，来春佑芬芳。

施永培《黄叶》：连枝报丰收，离去不求功。乐归母根蒂，肥壤答木荣。

陆振声《黄叶》：别枝道再见，悄然落溪边。秋风问何往？捐躯换春艳。

季渺海《黄叶》（四首）：一、凭窗望夕阳，枝头叶又黄。莫道树已老，年年傲秋霜。二、花草依树木，一岁复荣枯。春碧玉千层，叶黄金秋镀。三、出土沐春风，成树雨露润。秋深不言谢，黄袍加一身。四、秋风知进退，秋雨去可追。归根有黄叶，落地听惊雷。

郦帼瑛《黄叶》（四首）：一、枝头见彩笺，落地也翩翩。不畏秋霜烈，黄金染玉莲。二、山林庙宇空，吹尽晚来风。夜半盈秋雨，凭栏露俏红。三、去岁草庐开，今秋袅娜来。谁家初嫁女，黄玉把裙裁。四、秋风入殿朝，卷过紫金桥。几片黄蝴蝶，廊前振翅飘。

李曙光《黄叶》：黄叶飘零去，光裸枝丫空，入地碾成泥，明年绿更浓。

邵心远《黄叶》（五首）：一、明丽且多姿，映日满树黄。秋深无惧色，经霜更辉煌。二、银杏叶如扇，满树耀金黄。寒秋色不减，霜后更辉煌。三、满地枯叶黄，片片是惆怅。一阵寒风劲，衣襟透薄凉。四、御赐县名嘉禾里，后因诗句改其名。入秋黄叶满坑金，茶绿遍山皆是银。五、此县御名嘉禾里，因诗改叫为“黄坑”。一句叶黄满坑金，千年吟诵极传神。

李耀宇《黄叶》（二首）：一、傲枝生金黄，静待秋风爽。花落铺满地，梦蝶有人赏。二、黄叶离枝头，花落似清秋。思梦再切切，月有盈与瘦。

胡嘉良《黄叶》：金悬一树秋，飘零面无愁。随风蹁跹舞，童叟入画游。

巫　虎《黄叶》：浅深次入黄，育果挂金装。飘零喜归根，韶华一寸光。

熊鹏举《黄叶》（二首）：一、金秋银杏美，嘉定彩虹媚。疾风金叶落，化泥再轮回。二、雁来林尽染，湖光秋月空。游人捧落叶，相思脉络中。

陈新光《黄叶》：风寒松愈翠，秋雨叶添黄。老骥当伏枥，何日遣冯唐。

王念朝《黄叶》：乾坤仰苍松，夜凉别枝朽。此地葬入睡，化泥育春柳。

龚珮珮《黄叶》：落叶碎金铺，舍身泥尘融。心祈报树恩，春来润芳红。

张传武《黄叶》：高枝临深秋，迎风舞碧空。金黄涂大地，改日绿荫浓。

蒋顺元《黄叶》：披金迎寒冬，飘洒染仙踪。甘伴霜与雪，宁让枝头空。绿时托艳红，黄时随秋风。归根无倦怨，融入春意中。

田忠政《黄叶》：枝高筑爱巢，雏鸟啾啾嘲。飘叶当空舞，嫩芽迎新潮。

葛加禄《黄叶》：果熟身已老，含笑别枝头。来年春复至，信是再聚首。

徐　娟《黄叶》：萧萧黄叶舞秋风，片片相思岁岁同。怅望浮生浑若梦，摇摇幽恨怨离中。

熊正永《黄叶》（二首）：一、一树金灿灿，也见天蓝蓝。相思驭秋风，自在归根山。二、春来生枝芽，绿叶荫盛夏。秋意披金甲，飞飞自回家。

韩建刚《黄叶》：献尽满身绿，腾出一枝空。且待后来者，叶嫩果香浓。

费　碟《黄叶》（二首）：一、曾伴云风流，今作香远游。峥嵘壮岁月，归去乃神州！二、心有地气身若云，常与日月论长春。秋来景色宜人季，珠黄依旧学昆仑！// 大风与我比飞轮，万里寻根归大坤。

陈晓燕《黄叶》：化蝶舞秋高，一笑别云空。圆满入根泥，看取绿荫浓。

陆永兰《黄叶》(二首)：一、迎风学蝶舞，依依别寒秋。回首无蹉跎，郁郁秀枝头。二、曾经葱茏多旖旎，时光苍翠献大地。莫怨秋风送归途，来年春色伴莺啼。

廖金碧《黄叶》(二首)：一、飘落戏云空，吻香大地容。声声呼友伴，片片入芳丛。二、含霜一夜黄，撩落叹苍凉。青女无言语，忧伤沾泪光。

于　超《黄叶》：随风应四季，露降岂言衷。洒洒铺金毯，潇潇画美弘。

叶文强《黄叶》：凇结横枝冠，铮铮敢目空。虽然如翼薄，情挚亦能融。

李汉明《黄叶》：离树情依旧，飘零敢对空。归根泥伴护，庇荫更添浓。

沈家龙《黄叶》(二首)：一、别枝不恋友，乘势舞晴空。桃苑芬芳艳，情深绿意浓。二、柳枝燕鸟喜，映季话苍穹。唯愿温馨地，秋黄画苑丛。

韩建勋《黄叶》：绿叶已转黄，满树飘果香。不愿随风舞，化泥滋芬芳。

王宏程《五绝·黄叶》：携枝弄晓风，昂首对长空。莫道寒霜近，盛妆贺雁鸿。

孙加永《黄叶》：葵枝迎朝阳，花蕊吐芬芳。感恩沃土情，百花添一景。

朱春亚《黄叶》：朔袭琼英落，诗情缀晚空。雁鸿嘹呖远，黄叶舞秋风。

杨根平《黄叶》：幽阶黄叶下，老树瘦枝斜。或舞三秋气，如飘一色霞。归期缘约尽，别语临时加。万里深情故，鱼书达海涯。

董绍华《黄叶》：绿柳烟笼枝柄倩，红枫霜染叶茎芊。雾淋滴翠呵丹桂，雨泼幽溪吻荷莲。吴楚风光颜秀女，江淮鱼米育才贤。月辉散玉铺明路，秋韵飘金沐喜筵。

朱国维《黄叶》：落叶无怨悔，归根有孝心。化尘沃大地，再绘好风景。

朱渊澄《黄叶》：秋叶落满地，八旬不经意。时光叹苦短，来日仍可期。有友聚成群，诗文赛珠玑。鸿鹄飞高空，一举越千里。

叶基馥《黄叶》：别枝空中舞，笑向归程路。待到来年时，喜看新叶出。

向德旺《黄叶》（十二首）：一、青涩不复来，忠魂依然在。淡看岁月老，黄叶更风采。二、笑闻秋风起，飘零金满地。回首黄叶落，安然无愧世。三、任风催素颜，离枝别高楼。轮回无愧世，更展黄叶秀。四、曾作惊艳世，虫蝶绕身飞。毋叹今叶黄，悠然静落地。五、天地有七彩，万物共戴月。世人可曾晓，黄叶几重叠。六、飘逸落大地，优雅如君子。别枝心犹在，凭意碾作泥。七、一任风雨袭，零落无愁绪。自有乐趣在，安然偎大地。八、七彩中有我，何须与世争。亦曾绿招展，无憾黄叶身。九、千年必归根，成熟始为金。莫惜光阴短，含笑入秋冬。十、风送黄叶至，轻落额眉中。催人备寒衣，无语胜有声。十一、应时则归根，轮回知报恩。虽无敬答谢，含情孕新春。十二、古曰诗言志，黄叶表我心。慈悲善为怀，不负度光阴。

郑振国《黄叶》：离枝舞秋风，归根冬土中。化作来春泥，快绿复怡红。

胡隆庆《黄叶》（二首）：一、别枝展旖旎，随风行洗礼。大地频呼唤，报恩情难抑。二、黄叶铺满地，化泥是本意。滋润绿荫浓，母亲更亮丽。

过子泉《黄叶》：绿叶渐黄迎北风，离枝飘落已建功。肥沃大地枝芽育，春风萌生天地中。

叶子青《黄叶》：金风送爽来，夏躁归隐去。化蝶舞翩跹，飘零若秋雨。

张跃霞《黄叶》（二首）：一、寒风彻地隆，叶落感苍穹。自有初心在，寻根护花丛。二、黄叶舞苍穹，月明挂中空。红枫泼九彩，稻谷溢香浓。

杨佩娟《黄叶》（二首）：一、故乡风云动，遍地黄金甲。秋冬蕴春夏，绽绿开红花！二、秋风吹绿黄，枝枝换新装。一束紧身衣，春来焕容光！

杨佩君《黄叶》（二首）：一、风动片片黄，树静枝枝光。

一夜春江水，满目鲜花香！二、云托黄叶飘，风吹大雁遥。入泥作沃土，迎春是英豪！

文世瑾《黄叶》：落枝也娇宠，任尔舞西东。俯身展旖丽，静卧寻芳踪。

沈煦光《黄叶》：岁月终无情，苍翠染金黄。生来不争春，只愿百花艳。

朱中联《黄叶》：秋霜凝浓露，离枝风中舞。留恋青春翠，无奈时境过。

朱泰来《黄叶》：秋天银杏黄，万扇风中荡。太阳来化妆，满树闪金光。

戚建伟《黄叶》：挂枝弄风影，颔首笑雨浓。待到秋凉时，藏于诗笺中。

张春发《黄叶》：游子周流远，思乡夜夜长。行前叶正绿，归来金甲黄。

张天竞《黄叶》：西风倾老树，金屑舞游龙。不惧三冬苦，迎春染碧峰。

常绮帆《黄叶》：金甲落亦秋，连枝影茕茕。飘尽百花嗅，入土响玉琮。

孙远静《黄叶》：遥望江中景，黄叶落水轻。人怜春意逝，不解秋风情。

顾茂青《黄叶》：窗外瑟瑟枫叶，剪碎残梦片片。昔日随云飘逝，月光如雾似烟。

唐建华《黄叶》：叶黄难离枝，万物皆色空。已是知秋时，作尘意更浓。

沈慧敏《黄叶》（二首）：一、凌狂风暴雨，耐炎热暑气。待到秋风起，拒功傲笑化作泥。二、谁说人老珠黄？谁说叶落只归根？待到黄叶遍地时，艳阳赤锦聊慰藉。

李芝惠《黄叶》（二首）：一、秋风一扫夏日炎，群山摇曳意气扬。华丽转身披金甲，金光闪闪来登场。谁说黄叶日不长？敢叫天地换新装！二、晚秋时节愁人肠，梧桐渐枯草木歇。夕阳西下微风起，黄衣漫舞难来接。问其冬天何处去？叶儿不答忽为蝶。一蝶还成千万只，飞入泥中花更洁。

周　伟《黄叶》：有枝不攀高，片片金黄浓。深情吻大地，飘落也从容。

孙玲珍《黄叶》：春时根孕叶，秋去叶暖根。你侬我亦侬，风雨伴一生。

胡金标《黄叶》：翩翩舞秋风，落地看长空。心怀普天下，一生不恋红。

舒爱萍《黄叶》：居枝展春秋，应时辞苍穹。唯愿入大地，助泥孕花丛。

第二集　中秋和诗

2016年中秋雨夜寄友

中秋遇风王，九州半雨晴。
心上有婵娟，何处无月明？

叶　辛《和永明〈2016年中秋雨夜寄友〉》：中秋在大庆，夜到哈尔滨。晚风送清凉，圆月分外明。

晨　崧《和启明中秋雨夜寄友》（十首）：一、人生性本善，做事有真情。纯洁无私念，丹心日月明。二、处世必真诚，行为有感情。胸中怀壮志，爱憎要分明。三、礼义知廉耻，仁慈孝悌情。温良恭俭让，诚信爱鲜明。四、人品仁忠孝，文心言志情。诗声行有影，德韵启神明。五、住在北京城，胸怀华夏情。忠心思报国，仁义礼廉明。六、年少献身行，初衷不忘情。勤劳兴国事，寒苦醉心明。七、人生逐晓风，挚友贵深情。义道遥相祝，晨崧敬启明。八、喜爱中秋韵，祈逢雨后情。婵娟何处觅，醉吻月光明。九、义道跃金龙，文坛万仞情。诗文醇正气，日月自光明。十、受苦知天命，普提不赐情。醉生如梦死，枉信拜神明。

李伦新《咏海》：海风多潇洒，海浪美如花。海纳无限量，海派有文化。

吴欢章《和永明中秋诗》：风雨中秋夜，吹浪洗新晴。婵娟沐妆舞，翩翩万里明。

王　群《和永明〈2016 年中秋雨夜寄友〉》：风雨中秋夜，孑然空独留。天公不作美，无月更添愁。

刘希涛《和永明中秋诗》：中秋风雨狂，“莫兰蒂”称王。胸中有婵娟，何处不月朗。

非　马《中秋月》：知道 / 所有 / 回不了家的 / 暗淡的眼睛 / 将彻夜不眠地凝望着她 // 她把自己 / 打扮得 / 又圆 / 又亮

胡金全《和胡永明〈2016 年中秋雨夜寄友〉》：中秋风雨袭，月在梦乡明。信念阳光照，前方自有晴。

向　云《和胡永明 2016 年中秋诗》（二首）：一、小莫成风王，兴来全扫清。月消当饼煎，次岁实秋明。二、残阳喷血 / 川江投海 / 今夜 / 月亮出不出来已不重要 // 别了 别再点亮灯笼 / 大力士要在黑暗中战胜瘟疫 / 重新站成一个真正的汉子 / 吞尽世间所有毁人的诽訕

孙琴安《和胡永明 2016 年中秋诗》：中秋风浪大，动我恋乡情。遥望台湾岛，心中月更明。

潘颂德《和胡永明中秋诗》：神州风雨骤，全球盼天晴。何时共婵娟，寰宇尽光明。

张文贤《和永明 2016 年中秋诗》：醉月犹摇晃，迷花弄申城。神舟上云天，北斗开绿灯。

任丽青《中秋悼古桥》：风雨伴中秋，东南遇险境。廊桥付水流，心中无月明。

葛乃福《和永明〈2016年中秋雨夜寄友〉》：雨中过中秋，心月胸中有。襟怀效子瞻，祝愿人常久！

布凤华《和胡永明中秋夜雨寄友》：举案齐眉意，胡舒伉俪情。无关圆与缺，月在爱中明。

田凤兰《中秋月》（二首）：一、圆月含情月，花香是梦乡。融融秋色里，呓语入诗行。二、啼莺惊落叶，芳草动秋风。眺望清清月，无声胜有声。

瞿　若《中秋有感》：云海玉轮巡碧天，中秋诗友聚庭前。丝丝顾念银霄去，夜半悠悠月正圆。

张载养《和永明〈2016年中秋雨夜寄友〉》：中秋风雨紧，天宫亦无晴。九洲人团圆，心中月又明。

潘培坤《和永明中秋诗》（十一首）：一、莫兰蒂称王，难阻月阴晴。千里共婵娟，圆缺入怀明！二、上天谒玉皇，下界言阴晴。风起嫦娥舞，月圆共天明。三、当年莫蒂狂，诗友歌天晴。且道违天意，心圆月自明！四、中秋节令王，人人盼天晴。天公亦有情，花好月更明。五、中秋岁岁有，唯此愈天晴。新书添唱和，舒心可启明！六、贾岑与杜王，朝拜五更晴。几曲唱和诗，高低见分明。七、拂晓奏君王，诸侯言阴晴。弹冠相庆时，识得是非明。八、莫道谁诗王，友善见天晴。天崖海角处，钟情我心明。九、诗文品为王，说项道人晴。彩凤添双翼，翔飞日月明！十、宅家即为王，抗疫迎新晴。举国一挥手，双肩庆黎明！十一、中秋主题令，关情辨阴晴。胸怀慈善心，处处是光明。

张春新《和永明中秋诗》(十首)：一、中秋遇风王，华夏转阴晴。火箭入天庭，心中月自明。二、中秋团圆日，风雨不转晴。心向婵娟梦，月是故乡明。三、中秋风雨狂，月夜未见晴。嫦娥舒广袖，天地放光明。四、中秋风王至，云遮难转晴。举头望玉蟾，诗空月色明。五、埋头笔耕忙，中秋不见晴。圆月画中看，万里江山明。六、风从海上来，暴雨遮天晴。妙手书长卷，嫦娥舞月明。七、莫蒂称风王，雨过九州晴。古今共婵娟，两岸享月明。八、一夜风雨狂，东南难转晴。塞北中秋夜，月在他乡明。九、神十飞天际，穿云长空晴。嫦娥掩口笑，吴刚赞月明。十、独行在旅途，中秋正放晴。风王鞭莫及，月夜放光明。

吴振兴《和永明中秋诗》(六首)：一、风雨来称王，中秋天难晴。我欲会婵娟，何需待月明？二、莫兰蒂来袭，中秋难放晴。遥知婵娟女，她心似我心。三、突发风雨狂，中秋月难明。何时续前缘，重在爱与情。四、夜晚倚窗望，风大雨亦狂。何日会婵娟，我心添愁怅。五、我问婵娟女，广寒宫暖否？她说有您在，宫冷心也暖。六、君住云之上，我居水之旁。一日不见君，日日思念君。

严国基《和永明中秋诗》(二首)：一、中秋忆风王，九州有雨晴。救灾迎婵娟，华夏更月明。二、抗疫谁称王？华夏天变晴。万里共婵娟，神州月更明。

徐弘毅《学和永明〈2016年中秋雨夜寄友〉》：中秋起风雨，环宇复阴晴。萍萍爱舒意，处处情拥明。

汪　欣《和永明诗》（二首）：一、中秋风雨狂，门外路泥泞。百姓盼圆月，无奈天不明。二、东南天宇云层低，急风暴雨正来临。飞船遨翔宇宙去，要接嫦娥下天庭。

熊鹏举《和永明〈2016年中秋雨夜寄友〉》（二首）：一、中秋笑风王，东雨西域晴。沪疆共婵娟，筛酒享月明。二、玉兔恨风王，风雨搅秋莹。衰鬓喜婵娟，月是新疆明。

陈新光《和永明老师〈2016年中秋雨夜寄友〉》（二首）：一、淅沥秋雨住，风吹日渐晴。婵娟今起舞，又见故乡明。二、叶落雁南归，雨润菊花艳。秋夜思明兄，风吹散云烟。

王念朝《和永明〈2016年中秋雨夜寄友〉》：风摧虐香兰，岛哎肆雨淋，中秋忙群芳，何用等月明。

龚珮珮《和胡永明〈2016年中秋雨夜寄友〉》：中秋风雨狂，嫦娥泪珠倾。来年悬玉盘，冰轮舞倩影。

田忠政《和胡永明先生〈2016年中秋雨夜寄友〉》（二首）：一、十五风雨狂，十六月圆晴。举杯思婵娟，神州放光明。二、中秋盼团圆，月儿传亲情，遥遥千百里，家人心自明。

徐加亮《步韵和胡永明老师〈2016年中秋雨夜寄友〉》：

秋来绵绵雨，今朝始得晴。人生亦如是，祸福两分明。

胡　珍《和永明〈2016年中秋雨夜寄友〉》：十五遭骤雨，难阻思乡情。齐心共祝愿，心中月圆明。

顾定海《和永明〈2016年中秋雨夜寄友〉》：今夜风雨高，中秋不见了。寰宇好变幻，等闲青山坡。

张斤夫《和胡永明中秋诗》：铁笔扫风王，九州一片晴。登月邀婵娟，喜贺古月明。

宋海年《丙申中秋逢台风》：中秋风雨大，品酒笑盈盈。琴瑟和谐奏，心中有月明。

马忠静《和永明〈2016年中秋雨夜寄友〉》：粉水酿成桂花酒，忽闻海上起狂风。心祈婵娟应无恙，万家团圆朗月升。

林景怡《和永明〈2016年中秋雨夜寄友〉》：夫妻赏月，嫦娥动情。宇宙赞叹，笑指启明。

张文龙《和启明丙申中秋诗》：年年中秋望月圆，但悲两岸不同天。何日海峡变坦途，九州方能共婵娟。

朱珊珊《和永明〈2016年中秋雨夜寄友〉》(二首)：一、中秋风雨紧，团圆即天晴。亮色在心里，月是故乡明。二、风雨皆称王，团圆即放晴；中秋共婵娟，如意月更明。

钟惠娟《和启明丙申中秋诗》：江影婵娟画阁边，风吹丹桂寺门前。芰荷迭映幽蝉寂，满院清辉又一年。

秦　华《2016年中秋寄语诗友胡永明》：丙申仲秋临风雨，四海五洲见阴晴。时尚潮头立婵娟，东方星辰再启明。

陆　新《和永明中秋诗》（二首）：一、中秋风雨侵，向晚天未晴。举杯邀婵娟，我心照月明。二、中秋月儿隐，风雨不见晴。丹青画婵娟，江山万里明。

钱钧华《和胡永明〈2016年中秋雨夜寄友〉》：中秋见风狂，窗前听雨声。月夜思婵娟，梦里望明月。

胡永其《中秋感怀兼和永明》：中秋台风疾，无晴却有情。婵娟应无恙，今宵心月明。

吉雅泰《和胡永明〈2016年中秋雨夜寄友〉》：飓风亦称王，中秋不放晴。何处觅婵娟，心空正月明。

裘新民《和启明〈2016年中秋雨夜寄友〉》：风雨来何急，心中自有晴。君来微信里，诗兴共月明。

黄　胜《五绝·和启明中秋诗》：玉兔守蟾闺，姮娥不见回。不知凉夜永，何处惹清辉。

崖丽娟《中秋夜望月》：今又中秋节，独坐月朦胧。思君望圆月，莫使金樽空。

王　岚《和永明先生〈2016年中秋雨夜寄友〉》：中秋明

月日，欢笑游法意。眼前别样景，回首故人情。

陈柏有《和永明中秋诗》：中秋胡风劲？姮娥匿北溟。天宫候神舟，对接月永明。

朱超群《和胡永明〈2016年中秋雨夜寄友〉》：风雨遮圆月，故乡何时晴？吴刚思中秋，嫦娥舞天明。

邵天骏《和永明〈2016年中秋雨夜寄友〉》：中秋风王至，天高难见晴。心里有婵娟，一样月夜明。

李　力《和胡永明中秋诗》：江南雨骤停，月女舞空晴。北望吴宫处，嫦娥彩袖明。

叶振环《2016年中秋寄语诗友胡永明》（二首）：一、皓魄当空升，云间寂无声。狡兔空中落，更待银河清。二、云母烛影深，长河落晓星。嫦娥偷灵药，碧海夜夜心。

黄玉燕《和永明中秋诗》：中秋风雨骤，婵娟梦依旧。天宫迎嫦娥，月明尽风流。

吴绍釚《和永明〈2016年中秋雨夜寄友〉》：肆虐莫兰蒂，江南天无晴。塞北中秋月，清光分外明。

龙孝祥《和胡永明（启明）先生中秋诗》：中秋台风狂，雨倾祥龙迎。神思逐婵娟，爱萍慕启明。

陈曼英《和永明中秋诗》（三首）：一、婵娟映银辉，故乡溪水清。遥寄诗一首，笔端意难平。二、黄花竹篱静，仰望圆月明。抱琴邀君来，玉指诉衷情。三、寒露湿衣袂，月洒石苔青。桂花酒独饮，别情永记铭。

季渺海《和永明中秋诗》：风雨黯中秋，心晴天复晴。婵娟读我诗，夜夜月光明。

金　瑜《和永明中秋诗》：只因婵娟在，神州雨亦晴。更喜父传子，诗空长夜明。

郦帼瑛《和永明〈2016年中秋雨夜寄友〉》（二首）：一、中秋墨砚耕，莫管雨兼晴。怀抱婵娟梦，凭栏月自明。二、月夜暗中庭，风狂雨未晴。嫦娥轻舞袖，天地霎时明。

沈世坤《2016年中秋寄语诗友胡永明》：中秋天地明，永忆江湖风。萍踪侠影路，爱在魂魄中。

李曙光《和永明中秋雨夜诗》：中秋夜雨急，心境照旧晴。任凭天恶劣，奈何诗意明。

邵心远《和胡永明〈2016年中秋雨夜寄友〉》（二十一首）：一、又至中秋节，此夜月最明。酒浓诗更浓，不尽思乡情。二、八月十五日，无雨也无晴。登高望故乡，一轮圆月明。三、乙酉十五夜，独处更冷清。桂香袭人浓，月圆分外明。四、山上过中秋，人静闻鸟音。品茶尝肥蟹，杯中圆月明。五、舟上过中秋，无事听箫音。煮茶品美蟹，抬头圆月明。六、时节至中秋，倍添思乡情。吟诗和好友，共赏皓月明。七、中秋倏然至，子夜暗伤情。异乡为游子，举头望月明。八、回乡过中秋，雨收已放晴。

团圆品家宴，席罢赏月明。九、桂香浓浓时，佳节添乡情。举杯思亲人，推窗望月明。十、桂子溢天香，佳节却伤情。低头思亲人，泪看潭月明。十一、江南忆佳节，中秋最伤情。亲人皆不在，唯见皓月明。十二、少时爱中秋，团圆一家亲。中年伤此日，无尽思乡情。十三、喜闻桂花香，雨过放天晴。乘舟回故乡，畅叙别后情。十四、八月桂花香，今日赏月明。美美品蟹膏，绵绵叙亲情。十五、中秋桂花浓，相邀赏月明。甜甜品圆饼，句句叙诗情。十六、满桌家乡菜，一片亲人情。席散坐天井，月儿分外明。十七、放舟西湖上，天气晚来晴。步出楼外楼，骑行赏月明。十八、西湖八月中，雨歇初放晴。品完知味观，画舫望月明。十九、人逢佳节喜，灯火万家明。相约苏堤上，吟诗抒乡情。二十、忆昔中秋节，返甬探至亲。提满瓜果饼，聊表晚辈情。二十一、中秋忆外婆，慈爱一片情。今日又中秋，何处尽孝心？

吴小欢《和永明诗》：曾仗长剑解国忧，又挥巨毫为民讴。诗心不老春长在，万里锦绣一望收。

李汝保《和永明中秋诗》：莫兰蒂风雨，中秋难放晴。天宫二号飞，太空放光明。

李必新《和永明兄中秋原诗》：团聚遭风狂，更显文友情。婵娟入夙梦，九州同月明。

施永培《中秋风雨夜》：秋夕风威枉，华夏雨半停。心里装月娘，家中自光明。

陆振声《和永明〈2016年中秋雨夜寄友〉》：中秋赏月光，

月晕添惆怅。明若飓风起，何处会遭殃？

朱华燕《和永明〈2016年中秋雨夜寄友〉》：月上梢头明，庭院风儿轻。品茗思亲友，寄念故人情。

陈思同《和老警官启明兄〈中秋诗〉》：玉蟾桂花孤，霜影沾浓露。出云悬明空，蝉鸣惊帘入。

葛加禄《和胡永明先生〈2016年中秋雨夜寄友〉》（二首）：一、岁岁仲秋见，今夕难为晴。愿君诗心在，圆缺都是情。二、秋节逢风王，海峡半边晴。两岸共婵娟，同盼月复明。

柯峥秀《和启明丙申中秋诗》（二首）：一、天伦云海阻，望月诉离情。孤影遥怜瘦，无眠玉魄明。二、异域天涯玉影单，心牵晴暖总恬安。荧屏咫尺相亲短，垠际茫茫浪海宽。

陈剑萍《和好友〈2016年中秋雨夜寄友〉》：中秋伴风狂，九洲雨霁晴。愿君思婵娟，万水映月明。

王淑霞《和启明丙申中秋诗》：中秋披烟雨，清音抚瑶琴。桂花枕草凉，月落相思泪。

徐　娟《和胡永明老师〈2016年中秋雨夜寄友〉》：中秋逢飓母，黑雨暗千城。胸有婵娟在，时时沐月明。

严　寒《和永明〈2016年中秋雨夜寄友〉》（三首）：一、七夕又中秋，问候几多情。音信稍解忧，月儿分外明。二、月圆花影瘦，故人亦多情。书香熏红袖，心中放光明。三、清风月满城，山水总关情。天涯寻旧梦，夜空分外明。

董妮亚《和永明〈2016 年中秋雨夜寄友〉》：中秋仰天望，明月云中行。潮涌风雨声，吟诗寄深情。

白　艳《和胡永明先生中秋诗》：驰骋江河千万里，盼得月圆渤海居。铿锵戎马昨非梦，霜华落尽艳依然。

吴　双《和永明〈2016 年中秋雨夜寄友〉》：中秋风王至，东南风雨倾。云外天高朗，婵娟仍妙明。

朱亚珍《和永明〈2016 年中秋雨夜寄友〉》：风急云遮月，雨直何处明。殷殷嘱双亲，心安时时晴。

蔡国华《五绝·依韵胡永明先生“中秋雨夜寄友”》：台风欲虐城，大雨撵天晴。宝地上苍佑，一场虚拟惊。

罗维平《和永明〈2016 年中秋雨夜寄友〉》：嫦娥舞长袖，广厦时阴晴。排浪拍岸时，翘首待月明。

刘德田《五绝·奉胡永明老师题作中秋诗》：赏月怀清雅，吟风掩俗流。然逢秋节夜，晴雨墨皆稠。

熊正永《和胡永明先生〈2016 年中秋雨夜寄友〉》（二首）：一、莫兰临厦门，风雨也风晴。纵有不速客，中秋心月明。二、星云渔回村，海山绮晚晴。任尔莫兰蒂，一道月分明。

徐永昶《和永明〈2016年中秋雨夜寄友〉》：风雨中秋夜，念吾兄弟情。微信问婵娟，荆楚有月明？

唐根华《中秋贺永明兄》：中秋明月照，风来天难晴。微信聊家常，谈笑数永明。

池　波《和永明〈2016年中秋雨夜寄友〉》：中秋月色朗，缘自天气晴。心中常坦荡，眼前分外明。

费　碟《七律·和启明〈2016年中秋雨夜寄友〉》：蛐蛐亮嗓雄赳赳，璀璨蟾蜍暖九州。父子举杯乐融融，儿孙逗趣喜悠悠。远目魔都秋浪漫，聆听东海月风流。人人尽染开怀色，谢我三军血汗酬！

陈晓燕《和永明师〈2016年中秋雨夜寄友〉》：莫兰蒂封王，扬威弄雨晴。可怜美婵娟，中秋不得明。

金月明《和启明〈2016年中秋雨夜寄友〉》：碧魂俯人间，玉魄荡广宇。秋夜一仰看，悲喜自可去。

黄佰乾《和启明丙申中秋诗》：秋半莫兰生，海云天不晴。遥望故乡夜，原上月光明。

陆永兰《和启明中秋雨夜诗》（二首）：一、风雨虐中秋，潇潇了无晴。胸怀装九天，处处月色明。二、中秋暴风雨，仰天叹不晴。英雄擎天在，万户得月明。

廖金碧《步和好友〈2016年中秋雨夜寄友〉》（二首）：一、中秋会风王，雨霁鸟呼晴。偏爱故乡月，月圆照心明。二、一梦和秋醉，阵雨放新晴。缕缕清辉碧，窗前月净明。

于　超《步韵启明老师台风暴雨中秋夜》：丙申秋月夜，风暴雨遮晴。景色虽难见，心中自赏明。

张仪飞《中秋感怀》：举杯向天空，遍寻何处晴。遥想云雨外，应是玉壶明。

高乾彪《和永明〈2016年中秋雨夜寄友〉》：风雨寻常事，人间素阴晴。冰轮心中行，何处不月明。

叶文强《和启明〈2016年中秋雨夜寄友〉》（二首）：一、心如池静动，作息最关情。不觉天光冷，深宵共照明。二、银轮非故缺，赴请敞心晴。别径经重启，燃灯煜永明。

李汉明《步韵启明〈2016年中秋雨夜寄友〉》：桂月风魔遇，无晴却有晴。同舟携手渡，相惜照心明。

沈家龙《和启明丙申中秋诗》（四首）：一、秋风伴秋雨，近日恐无晴。倏见西边亮，天将苍碧明。二、白云飘散尽，雨后放天晴。夕照霓虹妙，东方光耀明。三、恰遇台风烈，神州暴雨侵。心中怀恋眷，婵女倍思亲。四、中秋倍思亲，云雨意充盈。夫妻情谊浓，天地遥呼应。恩爱如泉涌，倾诉胜鸟鸣。永明与爱萍，心心互相印。

李耀宇《和永明兄〈2016年中秋雨夜寄友〉》（二首）：一、已觉中秋至，偏是雨遮晴。耿灯候婵娟，心中自有明。二、中秋夜雨狂，感慨九州晴。丰年会婵娟，影绰清月明。

顾耀佐《和永明兄中秋诗》(二首)：一、中秋留华章，索句伴诗情。心头念老友，编书悦启明。二、秋去冬日临，人间重晚晴。红霞尚满天，清辉月渐明。

赵　靓《平安》：中秋风雨大，小院守安宁。相伴禅茶品，温馨享太平。

胡嘉良《和永明〈2016年中秋雨夜寄友〉》：腊月新冠行，华夏暗无晴。白衣击鼓战，举国万家明。

巫　虎《和启明〈2016年中秋雨夜寄友〉》：中秋月难明，风狂人逆行。神州磐石在，看我子弟兵。

陈敬标《和胡永明〈2016年中秋雨夜寄友〉》：变身莫兰蒂，共工擢闽晴。鱼鳖戏婵娟，奈何月更明！

韩建勋《和启明〈2016年中秋雨夜寄友〉》：中秋起风王，南雨北国晴。有心赏婵娟，长城皓月明。

王宏程《五绝·和永明社长〈中秋雨夜寄友〉》：凄雨挟风鸣，苦焦仍未晴。婵娟何夕至？怜我月还明。

朱春亚《和启明中秋诗》：露白樨香暗，冰轮洒玉清。谁言樽意满，人间共蟾明。

朱国维《和胡永明先生〈中秋雨夜寄友〉》：中秋遇风狂，

雨过天放晴。古时也此月，今夜格外明。

陈晶龙《和永明〈2016年中秋雨夜寄友〉》（二首）：一、狂飓恁猖獗，难遮月半晴。江南风雨夜，塞北玉盘明。二、骤雨起愁情，魂牵又梦萦。良宵蒙月色，无意赏荧屏。

朱渊澄《和永明中秋诗》：今遇莫兰蒂，风雨闹中秋。朗朗乾坤大，岂能遮九州？

郑振国《依韵〈中秋寄友〉和诗》：丙申中秋夜，风王横空临。一时众星稀，惟剩月更明。

胡隆庆《和启明〈2016年中秋雨夜寄友〉》（二首）：一、中秋风雨紧，启明诗传情。眼前境界新，心中月色明。二、中秋雨不停，老朽盼月明。有缘心相通，拙笔凝深情。

阮德章《和启明〈中秋诗〉》：嫦娥乘风今欲归，月明此宵当是最。思念正如桂香浓，是否同沐满天辉。

向德旺《和胡永明〈2016年中秋雨夜寄友〉》（三首）：一、坐看莫兰王，西雨东边晴。曼舞有婵娟，焉患无月明。二、天走台风王，地余三分晴。心中有婵娟，静待皓月明。三、窗外现风王，桌上画天晴。先描舞婵娟，再绘秋月明。

过子泉《中秋有感》：一夜秋雨一夜梦，秋风凉爽睡意浓。窗外雨声胜古筝，无奈嫦娥在月中。

叶子青《和启明〈2016 中秋雨夜寄友〉》：台风肆虐狂，中秋雨夜情。念友旧情圆，思乡皓月明。

曹爱红《和永明诗友〈2016 年中秋雨夜寄友〉》：眼前婵娟影，胸中九州情。侠骨柔肠意，明月两相映。

原　因《中秋遇上“莫兰蒂”》：中秋之夜，“莫兰蒂”烈。疾风骤雨不见月，有饼无月过节。// 嫦娥月宫清寒，吴桂折枝心懒。高树叶黄秋染，年年佳节依然。

李亚飞《五绝·和启明〈2016 年中秋雨夜寄友〉》：窗前月正圆，把酒论华年。莫问嫦娥事，人间惜美缘。

王永银《和永明〈2016 年中秋雨夜寄友〉》：中秋夜空暗，相会鹊桥晴。久别泪化雨，玉盘云外明。

顾之敏《和永明〈2016 年中秋雨夜寄友〉》：中秋翘月明，狂风虐无情。婵娟若有悲，泪挥人间倾。

侯　莹《和启明中秋诗》（四首）：一、嫦娥独影婷，秋菊斗芳馨。香馥满怀袖，劝君掬几瓶。二、月晕半神州，潇潇听雨愁。盈盈问云雾，何日荡轻舟。三、圆魄卧云穹，嫦娥思雁空。轩窗念萱草，瘦影泪朦胧。四、清幽风韵月流光，落叶翩妍为嫁妆。独上亭阑摘星雨，蹙眉忧思羡鸿翔。

瞿　冰《和永明〈2016 年中秋雨夜寄友〉》：中秋狂风鸣，月圆细雨停。遥望共婵娟，思念入我心。

张跃霞《和启明丙申中秋诗》(二首)：一、中秋夜至清，蟾光四海荧。举杯兄弟梦，两岸同月明。二、酒礼半躬行，相思涌真情。三觥遥夜寄，仰望月空明。

文世瑾《和启明〈2016年中秋雨夜寄友〉》：中秋战风王，雨休万里晴。天地同婵娟，苍穹圆月明。

刘宋学《和启明〈2016年中秋雨夜寄友〉》：中秋月照明，山川雨过晴。万家共婵娟，千里树成林。

沈煦光《和启明丙申中秋诗》：中秋逢风王，悲无九州晴。期盼遇婵娟，再见皎月明。

朱中联《和启明〈2016年中秋雨夜寄友〉》：风疾暴雨注，飞云藏玉兔。不见月色明，吾心有嫦娥。

刘晓红《和胡永明老师〈2016年中秋雨夜寄友〉》：中秋雨伴风，弹响小秦筝。丹桂香溢远，花月总关情。

朱泰来《和启明中秋雨夜寄友》：月圆花好夜，正逢中秋节。海内光照友，天涯情义结。

马振涛《和永明〈2016年中秋雨夜寄友〉》：中秋对风王，拂衣九州晴。万里婵娟意，四海渡月明。

张传武《和永明〈2016年中秋雨夜寄友〉》：仲秋迎风王，神州半雨晴。长年怀婵娟，处处见月明。

蒋顺元《和永明〈2016年中秋雨夜寄友〉》：铁扇为风折，

牛魔遭水淋。嫦娥舒宇袖，吴刚斧驱云。

鄢尚军《和胡永明老师〈2016年中秋雨夜寄友〉》：中秋风王起，华夏望雨晴。八方同舟济，处处即月明。

翁士邦《和胡永明先生中秋寄友》：微风拂面轻，秋色半阴晴。独爱园中静，湖光一鉴明。

黄利庆《和永明〈2016年中秋雨夜寄友〉》：中秋月圆日，惜时未见晴。遥寄思婵娟，月是故乡明。

张祚勋《和胡永明先生〈中秋雨夜寄友〉》（二首）：一、莫叹秋节雨，人世任阴晴。心纳江山月，吟眸万里明。二、释憾临佳节，乾坤自霁晴。乌云终散夜，心月共清明。

董佩君《和永明丙申中秋雨夜寄友》（二首）：一、松花江岸夜，彩柱入云晴。千里嫦娥舞，他乡月更明。二、秋风驰北国，日暮见初晴。怀友云天近，江中一镜明。

顾茂青《和启明丙申中秋诗》（三首）：一、八月十五佳节到，广寒嫦娥动凡情。拨云伸头望人间，不觉双眼泪漓漓。二、中秋良宵好时机，爱侣双双月下行。情话飘到月宫里，嫦娥不觉动相思。三、十里蟋蟀鼓琴瑟，十里蛙声闹良宵。中秋佳节月光照，夜半三更嫦娥到。

张　斌《和永明老师中秋雨夜寄友》：知君无明月，我亦盼天晴。举杯同一望，心照自然明。

张春发《和永明老师〈2016年中秋雨夜寄友〉》：雨静落桂香，月斜云述情。荡尽株秽物，还我天地新。

张天竞《和胡老师〈2016年中秋雨夜寄友〉》：长空翻歙墨，万户盼天晴。此去擒风伯，开云现月明。

常绮帆《和胡老师〈中秋雨夜寄友〉》（二首）：一、中秋惊风雨，溙溙寒夜景。遥寄相思去，明月代我倾。二、雨停风将尽，月清人更明。云散颜亦开，天亮心也晴。

孙远静《和胡永明〈2016年中秋雨夜寄友〉》：年年月月思月明，长长久久盼团圆。雨打芭蕉声声重，人立窗前久久愁。

张新林《秋月》：古秋花今晴，往夏风至瀚。今冬秋政和，来春月通盈。

张艳萍《秋月》：少小离家他乡行，秋日聚首望月明。玉兔遥传家书至，游子溢于桑梓情！

姜绍才《和师傅〈2016年中秋雨夜寄友〉》：八月雨霖霖，圆月更须晴。风虐心依旧，五湖四海明。

唐　珺《和永明〈2016年中秋雨夜寄友〉》：丙申秋风冷，浦江雨半晴。小儿弄清影，心喜月愈明。

邱　佳《和胡政委〈2016年中秋雨夜寄友〉》（二首）：一、奋战保峰会，连雨未放晴。但愿民安乐，国事日昌明。二、中秋静坐望星空，乌云散去自然晴。随缘顺世守本心，心若清净放光明。

方　圆《和永明〈2016年中秋雨夜寄友〉》：平分秋色月满轮，昼夜吉祥心中明。光照大千清净地，万劫不坏恒是晴。

方佩霞《和胡主任〈2016年中秋雨夜寄友〉》：中秋来风王，秋光忽转晴。登高一长啸，月亦为我明。

孙雪松《和永明〈2016年中秋雨夜寄友〉》：莫兰抵满月，神州伴阴晴。心中念婵娟，何恐无处明？

谈　岩《和胡指导员〈2016年中秋雨夜寄友〉》：人生遇风雨，低谷总无晴。胸怀启明星，何处不光明？

金　炫《和永明同学〈2016年中秋雨夜寄友〉》：中秋遇风王，九州盼雨晴。天宫有婵娟，何惧无月明。

李芝惠《和永明同学〈2016年中秋雨夜寄友〉》（三首）：一、中秋风雨紧，不见月儿影。但闻嫦娥吟，九州气象清。二、莫兰蒂来访中秋，大半江山浸苦酒。嫦娥不忍挥长袖，云开日出照九州。三、暴风雨横行无端，偏偏击中中秋节。无数家园被冲毁，嫦娥心痛掩半月。

唐建华《和永明〈2016年中秋雨夜寄友〉》（二首）：一、中秋抵彭城，风狂无月明。婵娟心中有，古国雨也晴。二、风王催彭城，乌江万里晴。胸中怀婵娟，龟山分外明。

薛春蓉《和永明友〈中秋雨夜寄友〉》：风雨虐中秋，华夏有阴晴。乾坤镶珠玉，揽月舞光明。

彭学蓉《和胡大哥中秋雨夜寄友》：风王访中秋，江南街市休。山残水漫尽，明月网上留。

屈广军、柳素红伉俪《和永明友〈2016 年中秋雨夜寄友〉》：中秋虽风雨，九州到处晴。举杯迎爱女，心中月更明。

屈惠一《和永明伯伯〈2016 年中秋雨夜寄友〉》：离乡二春秋，今岁月重明。举家齐团圆，互诉相思情。

王小兰、顾成财伉俪《和永明友〈2016 年中秋雨夜寄友〉》：恰逢中秋雨，魔都未见晴。家人共欢庆，相伴到黎明。

顾文宜《和永明伯伯〈2016 年中秋雨夜寄友〉》：但闻神十飞，秋雨寂寂晴。桂宫旧识路，何须待天明。

吉　美《和永明友〈2016 年中秋雨夜寄友〉》：中秋伴母旁，深深母女情。急盼母康复，乐享月光明。

陈　吉《和永明伯伯〈2016 年中秋雨夜寄友〉》：中秋伴骤雨，难阻阖家聚。举杯皆是情，明月心中映。

黄　琦《和永明友〈2016 年中秋雨夜寄友〉》：卅载情谊长，半生雨伴晴，兄友共婵娟，执手肝胆明。

谢　林《和永明〈2016 年中秋雨夜寄友〉》：玉管点河山，珠玑舒晚晴。兰蒂莫狂乱，婵娟谢月明。

王贞贞《和永明〈2016 年中秋雨夜寄友〉》：拜华香焚尽，桂摇月忽明。风讯消遁远，人间道有情。

王园园《和永明中秋雨夜寄友》：风王袭中秋，月饼慰乡愁。情牵至亲友，圆月驻心头。

周　伟《和永明中秋雨夜寄友》：中秋伴风王，雨骤难见晴。夜半思婵娟，心中月更明。

孙玲珍《和永明中秋雨夜寄友》：中秋逢风王，云遮不见晴。千里有婵娟，正享圆月明。

项纯丹《和永明中秋诗》：南窗满风雨，赤心映月明。神箭冲霄汉，婵娟沐群英。

沈慧敏《和永明先生〈2016 年中秋雨夜寄友〉》：中秋盼月明，夜阑风雨行。姗姗俟婵娟，思乡念亲情。

韩焕昌《奉酬永明君〈2016 年中秋雨夜寄友〉》：台风海上来，火箭空中去。月为故乡明，慈心连广宇。遍巡天汉堤，黄炎多侨旅。牛女莫怀乡，神州正梳浴。

胡宝华《和次子永明〈2016 年中秋雨夜寄友〉》：中秋未入秋，高天不放晴。婵娟云中隐，乡情分外明。

舒虎春《和女婿永明〈2016 年中秋雨夜寄友〉》：中秋风雨狂，心忧行路难。儿孙绕膝时，团圆举杯欢。

胡金标《读永明〈2016 年中秋雨夜寄友〉和之》：虮蜉称霸王，无碍九州晴。不日会婵娟，小丑何时明?

舒爱华《和姐夫永明〈2016 年中秋雨夜寄友〉》：中秋风

称王，雨骤天不晴。阖家乐团圆，月在心中明。

舒强华《和姐夫永明〈2016 年中秋雨夜寄友〉》：中秋刮强风，雨夜天不晴。阖家欢乐聚，胸中犹月明。

胡俊晴《和父亲〈2016 年中秋雨夜寄友〉》：阴雨遮月色，灯火万家晴。独行心有暖，沿途绽光明。

舒爱萍《和夫君永明〈2016 年中秋雨夜寄友〉》（二首）：
一、中秋抗风王，雨过九州晴。古今共婵娟，两岸沐月明。
二、中秋家未圆，风狂天无晴。有你在辛劳，万家灯火明。

刘博宇《和启明丙申中秋诗》：九月风雨中，胸怀遇秋晴。中州无王处，婵娟何半明？

闫　秀《中秋节》：月色流动如水。我穿越过夜色小路 / 白色野猫脚后紧紧跟随 / 曲径通幽处，我发现一处小树丛 / 住着丰盛的花草树木。这树丛极目望去，是乖巧婉约的 / 小森林 / 坐在清凉石头上，透过树叶的缝隙 / 遥遥看见深邃天空上的月亮。一幅 / 一点一线的画面 / 竟美好得不像样子 // 远来的风，湖中的水 / 歪斜的枝丫，眼前的明月 / 清脆的鸟鸣，熟睡的猫 / 天地间 / 陪伴如此丰盛 / 独自感动于这样静好的一幕。直到天青色如烟雨 / 直到忘记了天空的表情 / 和风的颜色 // 一个人也是动人的夜 / 闭上眼 / 仿佛路过一片原始的森林 / 又漂浮在大海数年。我睡在了天空下 / 然后天空下起了雨 / 隐约听到有人喊我回家。睁开眼睛 / 发现原来只是一座气质清新别致的小岛 / 花好月圆，空无一人

第三集　社交和诗

和吴欢章教授《群老会》(2首)

贤朋迎新碰杯欢，笑谈诗文醉忘还。
添岁只当增年轮，携手登高不畏难。

酒醇寒消畅谈欢，共促文坛清气还。
群老互勉创佳作，载道化人敢克难。

吴欢章原诗《群老会》：一桌银发举杯欢，满堂春色燕飞还。莫道七十古来稀，返老还童今不难。

张载养《和吴欢章教授〈群老会〉》：岁月远去人犹欢，早年宏愿未尽还。好友相聚互鼓励，携手同行共克难。

潘培坤《和吴欢章教授〈群老会〉》：百年开埠喜颜欢，故旧同乡共船还。兴市幸逢四方客，追梦前行排万难。

张春新《和吴欢章教授〈群老会〉》：文友相聚举杯欢，往事忆旧忘归还。切磋交流取真经，写诗著文不畏难。

吴振兴《和吴欢章教授〈群老会〉》：文朋诗友相见欢，举杯频频乐不还。说古论今长志气，追梦路上不言难！

陆　新《和吴欢章教授〈群老会〉》：师友相濡须尽欢，推杯换盏忘归还。文章甘苦寸心知，语意双工不言难。

李榕樟《和吴欢章教授〈群老会〉》：古今赏月人尽欢，念君挥笔不思还。亦师亦友皆知己，从此余生何畏难。

舒爱萍《和吴欢章教授〈群老会〉》：良师益友谈笑欢，酒香话长不思还。文学路上同求索，再攀高峰何惧难。

和张斌兄《席上赠诸诗友》

梅香笑辞旧，枫红话迎新。
约稿各运思，成书皆遂心。
论道兴家国，谈艺振须巾。
春暖聚名城，酒醇慰知音。

张　斌原诗《席上赠诸诗友》：久已疏大雅，今来倍觉亲。初闻语浅浅，复忖情真真。长者皆顺耳，少年俱夺城。高低难我就，不辞唯汤羹。

陈新光《和张斌兄弟〈席上赠诸诗友〉》：明萍诚相邀，付梓佳音到。齐眉琴瑟好，举案玉心间。吟歌椒酒酾，沉诵忘旧年。圣贤皆寂寞，独醉永明篇。

张春发《和张斌老师〈席上赠诸诗友〉》：提笔恨辞穷，著文向意新。故园致芳草，谈笑有知音。宴侍品兰陵，吟诗游古今。朋友自风流，物华从来新。

张天竞《和张斌兄〈席上赠诸诗友〉》：岁末迎双庆，书成报喜音。宜山高士卧，席间贵宾吟。阔论融霜雪，高谈纵古今。请倾蓝尾酒，泼墨写冰心。

方　旭《和张斌兄〈席上赠诸诗友〉》：把酒岁馀聚，促膝诉情真。抒怀论大雅，平水更胜羹。案牍需笃志，格律亦思亲。莺飞家国梦，草长锲新城。

常绮帆《和张斌兄〈席上赠诸诗友〉》：天上明星远，座前鸿儒亲。良言催人醒，佳作推酒尽。莫道诗意绵，一叶绿成荫。情怀似醇酎，弥久也长新。

舒爱萍《和张斌兄〈席上赠诸诗友〉》：围坐开话匣，诗友如至亲。作品一书见，友谊似海深。岁月不等尔，奋蹄疾驰骋。不为功名求，奉献正量能。

后　记

本书未再请名家作序，而是放了三篇代序。前两篇，是得到中国作协会员、著名诗评家吴欢章教授的支持，将他为我妻子舒爱萍编著的《闪光的启明星——胡永明诗歌评论集》（上海科学普及出版社 2019 年版）所写的序《胡永明是怎样一个诗人》作为代序一，将他为我第四本诗集《启明诗》（中国文联出版社 2017 年版）所写的序《胡永明的诗》作为代序二，这两篇序言写得全面、系统而精到。同时，我也将我近期撰写的《略谈我的新韵诗词和系列韵书——兼议诗歌创作中的“新旧并行”和“求正容变”》作为代自序，文中介绍了我创作诗词和创编韵书等情况，也谈了我对新、旧韵诗词和新、旧韵书的看法。该文于 2020 年 2 月 21 日由《都市头条 · 西部风微刊》网发后，一天内阅读量达 5 万多人并“好评如潮”（文友语），该刊总编黄诚专在此文下发表评论：“胡老师的诗论让大家一生受用”；华东师范大学传播学院著名教授、博士生导师王群当晚看了此文后连夜给我发来微信：“有幸拜读了你的文章。应该说现在的诗人中像你这样有实践、有理论的，且为古今通才的人少之又少了，敬佩之至！我尤其赞美你‘新旧并行，求正容变’的态度，更要为你的既权威、规范，又有效、科学的两部宏篇点赞，《中华通韵》一个‘通’字贯穿了你整个的学术思想，更让我钦羡不已啊，学习了！”感谢吴教授、王教授、黄总编和大家对我的鼓励！我想将此文作为代自序，进一步推广新韵书和倡导新韵诗词创作，从而促进当代诗歌更好地健康发展。

本书是一本具有独创性的诗集，我相信自古以来这样的诗集还是首次问世。首先，书中有白话诗的各种主要形式，包括自由诗（如《雨后》）、现代格律诗（如《留痕》）和现代半格律诗（如《给远方的至爱》）；有格律诗的各种主要形式，包括诗（如《七律·赞中外陆海丝绸之路传承发展——贺“一带一路”国际合作高峰论坛圆满成功》）、词（如《长相思·盼归》）和曲（如《金字经·庆中国高铁创造世界速度》）；有新风诗的各种主要形式（如五言《叶》、七言《华山》、杂言《莫干山观日台上观日出》）；还有论诗的诗歌（如诗《神奇汉语诗》、词《莺啼序·论诗》）。能将新体诗与旧体诗的诸多形式合于一书的本就不多，再加上自创的新风诗和独特的以诗论诗、以词论诗那就更是别具一格的了。其中以一阕《莺啼序·论诗》，我就被视为中国“以词论诗”第一人。上海社科院文学研究所研究员、著名诗评家孙琴安在《胡永明的诗歌创作与诗歌观念》中指出：“历朝各代以诗论诗的大有人在，不足为奇，而以词论诗的现象少而又少，极为罕见，几乎为零。可胡永明现在居然这么做了，成了第一个敢于吃螃蟹的人”。（详见舒爱萍编著《闪光的启明星——胡永明诗歌评论集》第20—32页，上海科学普及出版社2019年版）。第二，书中收录了我在我妻子舒爱萍的协助下组织诗歌唱和的部分成果，包括一次同题诗与三次和诗创作的思想性和艺术性较好的诗歌，其中《黄叶》同题诗与中秋和诗的作者、作品都是相当可观的，众多作者就同一主题各施其长、各运其思、各赋其诗、各呈其艺，汇成的诗海真是蔚为壮观、丰富多彩，其规模、特色也是我国自古以来所有诗集中绝无仅有的。

本书收入了我从未成年迄今创作的365首诗作（其中白话诗92首、格律诗56首、新风诗197首；评论诗15首、唱和诗5首），从中可见我创作诗歌的大体情况。但由于本书不是收入我的全部诗作，所以难以全面地反映我诗歌创作题材的广泛性。孙琴安研究员研究过我整个诗歌创作、研究等情况，对我的诗歌事业做出过客观的评价。他在新著中写道：“胡永明……对诗歌的涉及领域甚广，他既创作诗歌，又探讨诗歌理论。既写新诗，也写旧诗。并创作有歌词《盼望》等。屡获大奖，赢得不少荣誉。”

（详见孙琴安著《上海诗歌四十年（1978—2018）》第256页活跃于21世纪初的上海诗人中的“胡永明”，上海社会科学院出版社2019年版）

本书还涉及诗歌的诸多基本概念和理论问题。我想就第一编新韵诗中白话诗、格律诗和新风诗的提法所涉及的问题做个简介。第一，白话诗和格律诗。当我们要对概念进行分类时，先要设定划分标准。对于诗歌的概念分类，可以用体式标准和时间标准来划分：用体式标准，我们可以把诗歌分为旧体诗（“新文化运动”以前创造的古风诗、格律诗等旧诗体）和新体诗（“新文化运动”以来创造的自由诗、现代格律诗、现代半格律诗等新诗体）；用时间标准，我们可以把诗歌分为旧诗（“新文化运动”以前创作的诗歌）和新诗（“新文化运动”以来创作的诗歌）。其中旧体诗、旧诗中，1840年以前创造的诗体和创作的诗歌又分别称为古体诗和古诗。古诗是古人创作的诗歌，古人好写，今人不好写；古体诗是古人创造的诗歌形式，古人好写，今人也好写。（详见陈柏有主编《浦江文学》2018年秋季版第3—6页胡永明《诗歌讲座提纲（摘要）》）基于这样“精细分化”的认识，我第一编第一集中有新体诗中白话诗的各种主要形式，故称“白话诗”；第二集中有旧体诗中格律诗的各种主要形式，故称“格律诗”。这里的格律诗是广义的概念，包括旧体诗中有格律规范的诗、词、曲。第二，新风诗。新风诗，是民歌与古典相结合所产生的结构规则、韵律自然、通俗易懂、贴近民众的诗歌。其特点是博采众长：取民歌贴近民众、形象生动等优点；取古风诗形式自由、韵律自然等长处；取格律诗起承转合、对仗映衬等经典。（详见胡永明编著《诗歌创作手册》第14页“新风诗”，上海辞书出版社2015年版）

中国素有诗歌唱和的传统，其中〔清〕刑部尚书王士祯收录在《渔洋诗话》（卷上）中的一首七绝（桃花依旧放山青，隐几焚香对画屏。记得当年春雨后，燕泥时污石溪亭。）竟引得百余人写了近两百首和诗。这在当时通信极其落后的状况下所创造的诗坛奇迹，成为一直未被打破的记录。我是诗歌创作、研究、评论和活动并举的诗人，与我妻子舒爱萍一起多次组织过诗歌唱和活动（如新诗百年写胡适大师同题诗等）。2016 年 9 月 15 日，我写了《2016 年中秋雨夜寄友》，和爱萍一起用微信和短信将原诗发送给亲朋文友，并邀写和诗，没想到我竟很快收到了远在千里之外的中国作协副主席、著名作家叶辛用微信发来的回复："正在东北黑龙江省旅途之中，读到胡永明中秋月夜诗，邀和诗一首，遂将旅途随感录下：《和永明〈2016 年中秋雨夜寄友〉》：'中秋在大庆，夜到哈尔滨。晚风送清凉，圆月分外明。'"在叶辛老师的影响下，在水利部上海勘测设计研究院原党委书记潘培坤、上海铁路局原代局长张春新和上海市委党史研究室原副主任吴振兴等骨干的带动下，大家纷纷创作和诗，迄今已有 185 人写了 280 首和诗。2016 年 11 月 15 日，我在将卸任退休前，写了《黄叶》，并和爱萍邀写同题诗，在大家的积极参与以及诗人陈曼英、记者孙加永和大丰诗画社秘书长王宏程等人的推动下，迄今已收到 161 人写的 225 首新旧体诗《黄叶》。加上两次社交活动创作的唱和诗，书中共收入 236 位（361 人次）作者创作的 523 首诗作。我们立足上海辐射外地甚至外国，邀请各位华语作者写中秋和诗与《黄叶》同题诗，并将创作成果汇集起来，让更多的人来共享这"百花齐放春满园"的诗坛奇观。我和爱萍只是发出邀请，最后的结果都是在大家的呼应下自然形成的。如果说我创编的中国历史上第一部系列韵书《通用规范汉字诗声韵》（《大世界基尼斯之最》No.05299）主要是自己创新成果的话，那么中国历史上参加作者最多、创作诗歌最多的和诗活动就是由众多小溪汇成大河所创造的记录（《大世界基尼斯之最》No.05486）。这些中国诗歌史上的记录，只是画出新的起跑线，希望能有越来越多的人来超越，不断创造更新、更高、更好的纪录，从而凝聚广大作者共同繁荣诗歌创作，这才是我和爱萍实现兴诗理想所愿看到的美好前景。

我的前四本诗集都是按内容来编排的，但相同的形式在不同的内容中反复出现；本书是按形式来编排的，但同类题材的作品在不同的形式中反复出现。看来诗集的编排很难有完美的办法，本书就作为我对以形式为主、内容为辅编排的一种尝试吧。

我出生于作家家庭，接受过良好而系统的诗教，从小喜欢文学，尤其热爱诗歌。我从小学时代开始学写诗歌，中学时期开始阅读古今中外的优秀诗篇并研读诗歌理论的经典著作，用制表的方法将复杂难懂的诗歌理论问题梳理清楚，将好诗、警句和名言记在卡片上常读常新，并学以致用，走了一条从写格律诗到写古风诗到写白话诗再到创新风诗的诗路。我17岁时写的《七绝·中学毕业前夕与同学涉海滩》后来获过奖、发表过，这都缘于我小时候打下的诗歌基础。中学刚毕业，我就被拉练到“五七”干校，白天经受身体考验，晚上接受思想锻炼，但这也使我开始走出校门走向社会，写出了《抢收》《插秧》等贴近基层民众、富有生活气息的诗篇。从此，我开始了边工作生活、边学习创作的人生旅程。我26岁从高校调干到公安机关工作后，“白加黑、五加二”的快节奏、高强度与参加维护治安、防暴处突、抢险救灾等工作的危险性，使我不得不忍痛暂停了20多年的诗歌创作，但诗歌书籍一直是我不可或缺的宝贵精神食粮。这期间，我在工作中不断提升自己的思想境界，还考入复旦大学攻读了法律硕士学位，撰写、发表了不少理论联系实际的学术论文（如我在中央决定取消劳教的十年前就撰写了15万多字的论证取消劳教合法性、必要性的硕士论文），对促进改革发展起到了一定的作用，并为重返诗坛奠定了更加坚实的生活基础、文字基础和思想基础。到了知天命的年龄，我恢复利用业余时间学习和创作诗歌。退休后，我成为专心致志从事诗歌事业的“专业”诗人、作家和学者。我和爱萍是青梅竹马、自由恋爱、志同道合的伉俪，我们恩爱幸福、同甘共苦、携手并进几十年。她是我诗歌的第一读者，常为我的诗句或兴高采烈或感动落泪。2019年5月12日，我在参加体检中被查出患有心房颤动、极度心动过速和主动脉硬化等心血管疾病。在自己不知何时就可能发生意外的情况下，我含泪写下了《我永远在你身旁》这首“诀别诗”，写好后也不敢给爱妻看，只好拜托作家陆新在“适当”的时候把此诗转发给她。幸好在贤妻的精心照料下，我现在康复得挺好。诗歌是心灵之歌，是诗人心路历程的真实写照。可以说，我的每一首诗就像是自己的一个孩子，身上带着我家国情怀的基因，流着我艺术追求的血液。诗缘情，从作者创作诗歌到读者进入意境最好的桥梁就在一个“情”字上。读者有情，才能感受诗中真情。

值此我的第五本诗集出版发行之际，谨向在文学上给予我关心、帮助和支持的本书代序的作者吴欢章教授与中国作协副主席叶辛、中国诗词书画研究会会长晨崧、上海市文联原党组书记李伦新、离休干部瞿若、著名画家（央企董事长）陈冠宁、著名词作家汤昭智、著名楹联家姜玉峰、著名诗人刘希涛、著名作家宋海年和著名学者王群、李本、孙琴安、潘颂德、任丽青、葛乃福、陈新光等所有作家、诗人、学者和文学爱好者表示衷心的感谢！谨向积极参加并支持我和爱萍组织的诗歌创作活动的张载养、潘培坤、张春新、吴振兴、严国基、布凤华、田凤兰、沈裕慎、陈曼英、顾耀佐、邵心远、孙加永、王宏程老师和美籍华人著名诗人非马、香港文联副理事长胡金全、香港著名诗人向云、旅日华人诗人沈慧敏、旅澳华人诗人陈剑萍、澳籍华人诗人李芝惠等全体作者（名单附后）表示衷心的感谢！谨向文化艺术出版社编辑李恩祥、作家出版社编辑韩星、中国文联出版社编辑顾苹和上海辞书出版社、上海科学普及出版社编辑俞柳柳与《解放军报》原副总编凌翔少将认真负责、精益求精地编辑出版我和爱萍的书籍表示衷心的感谢！并向上海师范大学外国语学院英语系教授朱伊革博士和教授卢敏博士伉俪、我的中学班主任兼语文教师韩焕昌（上海教育出版社编审）、我的岳父舒虎春、女儿胡俊晴和爱萍及其弟弟舒爱华、舒强华与表哥胡金标等所有关心、帮助和支持过我的亲友表示衷心的感谢！

书中难免会有疏漏，还请各位作者、读者海涵和指正。

作者

2020 年 5 月写于上海

向全体唱和诗作者致谢

叶辛、陈冠宁、晨崧、李伦新、吴欢章、王群、李本、汤昭智、刘希涛、非马、胡金全、向云、孙琴安、潘颂德、任丽青、葛乃福、布凤华、田凤兰、瞿若、张载养、姜玉峰、潘培坤、张春新、吴振兴、严国基、徐弘毅、汪欣、熊鹏举、陈新光、贾彦、王念朝、龚珮珮、张传武、田忠政、徐加亮、胡珍、顾定海、张斤夫、宋海年、管新生、管燕草、马忠静、林景怡、沈裕慎、张文龙、朱珊珊、钟惠娟、余志成、於志祥、杨瑞福、曹小航、陈晓霞、秦华、王舒漫、陆新、钱钧华、胡永其、吉雅泰、裘新民、黄胜、石志坚、曹剑龙、崖丽娟、王岚、陈柏有、朱超群、邵天骏、李力、叶振环、黄玉燕、李冠琛、吴绍釚、龙孝祥、蒋荣贵、吴小欢、李汝保、赵进一、李必新、施永培、陆飘、刘瑛、梁刚、陈曼英、季渺海、金瑜、郦帼瑛、沈世坤、李曙光、邵心远、李耀宇、顾耀佐、胡嘉良、巫虎、赵靓、陆涵、周丽琼、黄唯君、许国江、陆振声、朱华燕、陈思同、韦江荷、李榕樟、葛加禄、陈佩君、柯峥秀、陈剑萍、王淑霞、徐娟、严寒、董妮亚、白艳、吴双、朱亚珍、闫秀、刘博宇、蔡国华、罗维平、刘德田、熊正永、徐永昶、唐根华、池波、陈晓燕、金月明、黄佰乾、陆永兰、廖金碧、于超、宋文静、张仪飞、高乾彪、蔡兆良、叶文强、李汉明、沈家龙、陈敬标、韩建勋、王宏程、孙加永、朱春亚、杨根平、董绍华、朱国维、叶基馥、朱渊澄、陈晶龙、郑振国、胡隆庆、阮德章、向德旺、过子泉、叶子青、曹爱红、俞娜华、原因、李莉、姜威、李亚飞、王永银、顾之敏、赵慧珠、侯莹、瞿冰、张跃霞、杨佩娟、杨佩君、文世瑾、刘宋学、沈煦光、朱中联、朱泰来、刘晓红、周守贵、箫鸣、苦艾、戚建伟、田爱平、王喜根、姚连妹、黄利庆、蔡佳雯、马振涛、蒋顺元、鄢尚军、翁士邦、张祚勋、董佩君、顾茂青、张斌、张春发、张天竟、方旭、常绮帆、孙远静、张新林、张艳萍、姜绍才、唐珺、邱佳、方圆、方佩霞、孙雪松、谈岩、薛春蓉、彭学蓉、唐建华、谢林、王贞贞、王园园、周伟、孙玲珍、屈广军、柳素红、屈惠一、王小兰、顾成财、顾文宜、吉美、陈吉、黄琦、金炫、李芝惠、项纯丹、沈慧敏、韩焕昌、舒虎春、胡金标、舒爱华、舒强华、胡俊晴、舒爱萍。

上海大世界基尼斯总部

大世界基尼斯
CHINA RECORDS

大世界基尼斯之最

含汉字诗声韵系列最多的韵书出版物
—《通用规范汉字诗声韵》

系列数量：4
书号：978-7-5326-4344-8

胡永明（上海）于 2013 年 6 月至 2014 年 10 月以中华人民共和国国务院 2013 年公布的《通用规范汉字表》为字库创编韵书《通用规范汉字诗声韵》。该韵书设新基韵、声调韵、平仄韵和新宽韵 4 个系列，主、辅表各包含 9056 个字次，每个汉字均标有辅音、元音和声调。

2015 年 1 月由上海辞书出版社出版。

NO：05299
2019.09

王以卓　　　　蔡　丰

2019 年 9 月，胡永明创编的《通用规范汉字诗声韵》被鉴定为中国自有韵书出版物以来的第一部系列韵书而获《大世界基尼斯之最》证书（No. 05299）

2019 年 9 月 11 日，上海大世界基尼斯总部副总经理（主持工作）高文给胡永明颁发系列最多诗歌韵书《大世界基尼斯之最》证书

2019 年 9 月 11 日，上海大世界基尼斯总部副总经理（主持工作）高文（右四）、申报部部长关玥（右一）和吴欢章（左三）、潘培坤（左二）、张春新（右三）、吴振兴（右二）、舒爱萍（左一）出席胡永明创编的《通用规范汉字诗声韵》获《大世界基尼斯之最》颁证仪式

上海大世界基尼斯总部

大世界基尼斯之最

个人组织参与人数最多的和诗活动

作者：185人　和诗：280首

胡永明（上海）以2016年9月自创作品《2016年中秋雨夜寄友》为原诗邀写和诗，至2020年3月共有185位中外作者创作和诗280首。

NO：05486
2021.07

王以卓　　蔡丰

2021 年 7 月，胡永明因个人组织参与人数最多的和诗活动而创《大世界基尼斯之最》纪录（No.05486）

2021 年 7 月 15 日，上海大世界基尼斯总部副总经理（主持工作）高文给胡永明颁发个人组织参与人数最多的和诗活动《大世界基尼斯之最》证书

2021 年 7 月 15 日，上海大世界基尼斯总部副总经理（主持工作）高文（前排右二）、吴欢章（前排左一）、潘培坤（前排右一）和申报部部长关玥（后排右二）、张春新（后排中）、吴振兴（后排右一）、舒爱萍（后排左二）、唐建华（后排左一）出席胡永明个人组织参与人数最多的和诗活动获《大世界基尼斯之最》颁证仪式